사상 최강의 양손 투수 7

2023년 9월 18일 초판 1쇄 인쇄
2023년 9월 21일 초판 1쇄 발행

지은이 RAS
발행인 강준규

기획 이기헌 왕소현 임동관 박경무 강민구 조익현
책임편집 천기덕
마케팅지원 이원선

발행처 (주)로크미디어
출판등록 2003년 3월 24일
주소 서울시 마포구 마포대로 45 일진빌딩 6층
Tel (02)3273-5135 **Fax** (02)3273-5134
홈페이지 rokmedia.com **E-mail** rokmedia@empas.com

ROK
MEDIA

롤크미디어

사상 최강의 양손 투수

RAS 스포츠 장편소설 **7**

CONTENTS

아쉽지만 여기까지   7

그의 양말은 줄무늬가 아니었다   71

굳이 왜 벌써?   133

파워   195

VS 시애틀 매리너스   259

아쉽지만 여기까지

실패는 성공의 어머니라는 말이 있다.

맞는 말이다.

수많은 실패의 경험이 결국 성공이라는 과실을 가져오는 경우는 너무나 많다.

상상력이 불충분하고 독창적이지 못하다는 이유로 강제 퇴사를 당했던 남자가 세계 최고의 캐릭터 산업을 일구고.

자기가 설립한 회사에서 허망하게 버림받았던 남자가 전설로 남을 세계 최고의 경영자가 된다.

고등학교를 중퇴하고 마약 중독에 시달리다 자살 시도까지 했던 남자가 전 세계적인 가수가 되고.

미래가 없다며 수많은 출판사로부터 거절당했던 작가가

공전절후의 히트를 기록하기도 한다.

야구도 이와 같다.

던졌다 하면 홈런을 양산하던 공이 결국 결정구가 되고.

몇 번이고 삼진으로 물러났던 스윙이 기어코 홈런을 만든다.

물론 다른 요소가 없는 건 아니지만, 결국 가장 중요한 건 열정을 잃지 않고 실패를 감당할 수 있는 능력.

끈기와 근성이라는 데에 반론을 제기할 사람은 없을 것이다.

대한민국과 미국의 2013 WBC 결승전.

6회 초. 1사 1, 3루.

성공하기에 충분한 끈기와 근성을 가진 남자가 무대에 올랐다.

[나우 배팅, 넘버 17! 신서, 추~!]

추신서.

고등학교를 졸업하고 미국으로 건너와, 눈물 젖은 마이너리그 생활을 이겨 내고 마침내 메이저리그에서 수위(首位)를 다투는 외야수가 된 남자.

천적이라고까지 평해졌던 투수를 상대로 기어코 선제 솔로 포를 쏘아 올렸던 대한민국 최고의 타자.

이미 수많은 실패를 극복한 경험을 가진 사나이가 또 다른 성공을 그리며 헬멧을 눌러썼다.

[오늘 1홈런 1삼진. 추신서 선수가 세 번째 타석을 맞이합니다. 1사 1, 3루! 이번 경기 최고의 승부처라 봐도 과언이 아닙니다!]

그 상대는 저스틴 벌랜더.

패혈성 인두염과 어디로 향할지 모르는 제구를 잡아 내고 마침내 사이 영을 획득한.

추신서와 마찬가지로 실패를 극복하고 정상에 오른 투수.

일촉즉발(一觸卽發).

경기장이 숨을 죽인 순간.

또 한 명.

성공을 상징하는 남자가 마운드로 걸어 올라왔다.

[그렉 매덕스 감독, 마운드로 올라오네요]

그렉 매덕스.

마른 몸과 낮은 구속으로 인한 세상의 편견을 정면으로 깨부순 대투수.

세 거인의 대치에 구경꾼들은 그저 침을 삼킬 수밖에 없던 찰나.

그렉 매덕스의 손이 내밀어졌다.

"벌랜더, 손 좀 줘 보지."

"예."

저스틴 벌랜더의 손아귀에서 넘실거리는 집념을 확인한 그렉 매덕스가 속삭였다.

"몸 쪽. 결정구는 슬라이더. 듣지 않아도 되지만, 참고해."

"……."

너무나 정확히 타자의 심리를 예측했기에 글러브 속에 수정구를 감추고 있다는 말까지 돌았던 전설의 조언이었다.

평소였다면 저스틴 벌랜더의 강력한 에고가 그 조언을 받아들이지 않았을 터다.

하지만 적어도 무리한 연투를 펼치는 김신보다 먼저 내려갈 수는 없다는 저스틴 벌랜더의 경쟁심이 그의 에고를 억눌렀다.

저스틴 벌랜더의 빌드업이 시작됐다.

[저스틴 벌랜더, 초구!]

뻐엉-!

"스트라이크!"

배터 박스에 바짝 붙어 있던 추신서가 허리를 뒤로 뺄 정도로 몸 쪽 깊숙이 들어오는 포심.

추신서가 눈매를 가늘게 좁혔다.

그의 뇌리로 휴식 시간 사이에 들었던 예언이 스쳐 지나갔다.

─선배, 만약에…… 만약에 이번 이닝에 타석에 서시면. 그리고 혹시나 투수가 계속 벌랜더고, 또 혹시나 프로페서가 마운드를 방문한다면…….

그 예언에 따라, 추신서의 발이 움직였다.

[추신서 선수, 다시 배터 박스에 바짝 붙습니다. 물러나지 않겠다는 건가요!]

저스틴 벌랜더의 두 번째 공이 그런 추신서의 옆구리를 통과했다.

뻐엉-!

"스트라이크!"

[같은 코스에 방망이를 내지 못하는 추신서! 순식간에 0-2로 몰리고 맙니다!]

0-2.

단 한 구면 타석에서 물러나야 하는 상황.

추신서의 발이 그제야 배터 박스 중간으로 멀어졌다.

　-마지막으로 벌랜더가 몸 쪽 공으로 카운트를 쌓는다면, 아마도 결정구는 바깥쪽…….

[저스틴 벌랜더, 지체 없이 제3구!]

추신서의 눈이 저스틴 벌랜더의 결정구를 쫓았다.

김신이 말한 대로였다.

바깥쪽 스트라이크존을 노리는 공.

그러나 결코 바깥쪽이 아닌, 중앙으로 들어와 포수 미트를 파고들 공.

'슬라이더.'

추신서의 방망이가 휘둘렸다.

따아악-!

[쳤습니다! 좌측! 큽니다! 좌익수 뒤로, 좌익수 뒤로, 좌익수 뒤로……!]

"……!"

그렉 매덕스의 표정이 흔들리고.

"굿."

스승과의 두뇌 싸움에서 승리한 제자의 입가에 미소가 맴돌았다.

하지만 2013 WBC 결승전이 열리는 곳은 드넓은 외야를 자랑하는 AT&T 파크.

아슬아슬한 홈런성 타구가 외야 플라이로, 넉넉한 홈런이 아슬아슬한 홈런으로 둔갑하는 곳이었고.

미국 대표팀의 좌측 외야를 책임지는 남자는.

[트라웃-! 마이크 트라웃-!]

아슬아슬한 홈런 정도는 훔쳐 내기에 충분한 역량을 가진 대도였다.

펜스를 타고 뛰어오른 마이크 트라웃의 글러브가 정확하게 흰색 공을 낚아챘다.

[What a play! 마이크 트라웃이! 추신서의 홈런을 강탈했습니다!]

하지만 그조차도 결국 시간을 뛰어넘을 순 없는 일.

[3루 주자 태그 업!]

[이건 못 막겠네요.]

[홈에서 세이프입니다! 2-0! 추신서의 홈런은 훔쳤지만, 희생플라이는 막지 못합니다!]

6회 초.

대한민국이 추가점을 획득했다.

◯

"쯧."

절반의 성공으로 끝난 두뇌 싸움에 김신이 혀를 찼다.

'정말 아깝다.'

그조차도 성공을 확신하지 못하는, 성사되기 어려운 가능성들을 뚫고 뚫어 겨우겨우 깔린 판이었다.

최소 2득점 이상은 기대할 수 있는.

'갑자기 끼어들다니.'

그런데 마이크 트라웃의 괴물 같은 신체 능력 탓에 그것이 1득점으로 멈췄으니 김신으로서도 아쉬움을 느끼지 않을 수 없었다.

"후읍."

그래도 무득점보다야 훨씬 나은 상황.

애써 아쉬움을 지우며 김신이 등판을 준비했다.

아직 2사 1루의 기회였지만, 더 이상의 득점은 불가능하다
는 판단에서였다.

　－2점 정도는 충분히 따라갈 수 있어. 다음은 리였지?
　└맞아. 포심에 맥을 못 추던 개. 왜 4번 타자인진 모르겠지만 4
번인 친구.
　└이번 이닝은 여기서 막겠네.

다음 타자는 이송엽.
이번 경기 두 번의 타석 모두 3구 삼진.
저스틴 벌랜더의 파이어볼에 전혀 감을 잡지 못하고 있는
타자였으니까.
'아무리 송엽 선배라도…….'
김신이 뒷말을 삼켰다.
경험을 중시하는 류종인 감독이 이런 큰 경기에서 이송엽
을 뺄 리가 없기 때문이었다.
그때였다.
"대타!"
"……!"
그렉 매덕스와 김신이 펼친 전략 싸움에 손 놓고 있을 수
없다는 듯.
김신의 생각과는 달리, 류종인 감독이 움직임을 보였다.

[말씀드리는 순간 한국 벤치에서 작전이 나옵니다. 대타! 이송엽 선수 대신 김태곤 선수가 타석에 들어서겠습니다.]

[4번 타순에서 대타라니, 상당히 의외의 선택이네요.]

벤치에 앉아 칼을 갈고 있던 남자가 무기를 챙겨 들고 조명 아래로 걸어 나갔다.

심지어 거기서 끝이 아니었다.

"성수야."

"옙!"

발 빠른 감성수를 대주자로 기용한 뒤.

툭- 툭-!

주루 코치에게 급박하게 전해지는 류종인 감독의 사인.

그 내용을 확인한 김신이 다시 엉덩이를 의자에 깊숙이 묻었다.

'어쩌면······.'

⊘

김태곤.

추신서, 이대후와 같은 82라인을 이루며 한국 팀의 허리라인을 꽉 잡고 있는 남자.

발은 느리고, 장타력도 홈런 타자라기엔 손색이 있지만.

특유의 선구안과 콘택트 능력을 바탕으로 한 출루율, 담장을 밥 먹듯이 넘기진 못해도 2루와 3루를 수도 없이 밟게 해준 장타력을 바탕으로 높은 생산성을 보이는 OPS형 타자.

이제는 이송엽보다 낫다는 말을 심심찮게 듣고 있는 KBO의 차기 레전드.

그러나 2013 WBC, 류종인호에서 김태곤은 중용을 받지 못했다.

이송엽보다는 경험이 부족했고, 야심차게 진출한 일본에서 기록한 저조한 성적 탓에 이대후에게 포지션 경쟁에서 밀렸기 때문이다.

심지어 어찌어찌 출전했던 경기들에서도 병살을 치는 등 이렇다 할 활약을 보여 주지 못했다.

그런 상황에서 맞이한 기회.

김태곤은 절실했다.

'이대로 주저앉을까 보냐.'

해외에선 먹히지 않는 한국 한정 여포.

일본에서 중도 포기하고 한국으로 도망친 패배자.

일부 팬들의 참을 수 없는 조롱도 있었으나, 김태곤 본인으로서도 이대로는 물러나고 싶지 않았다.

이제 만 31세.

기술과 피지컬이 조화를 이루는 골든 크로스의 정점.

지금 할 수 없다면, 영원히 할 수 없다.

그리고 난 할 수 있다.

김태곤의 방망이를 꽉 쥔 손 힘줄이 그의 의지를 대변했다.

[2사 주자 1루. 타석에 대타 김태곤 선수가 준비합니다.]

[이번 대회 타율 0.171. 상당히 저조한 타율을 기록하고 있는 타자입니다. 다만 기록상으론 KBO에서 뛰어난 활약을 펼친 바 있군요. 출루율이 높고, 콘택트 능력과 장타력을 겸비한 OPS형 히터입니다.]

[타석에 콘택트 좋은 중장거리형 타자를 세우고, 1루는 발 빠른 대주자로 교체. 한 점이라도 더 뽑아 보겠다는 한국 대표팀 감독의 의지가 돋보입니다.]

[넘어온 분위기를 쉬이 놓치지 않겠다는 거죠. 여기서 류 감독이 과연 주자에게 도루 지시를 했을지가 궁금해지네요.]

툭툭툭-!

교란을 위해 주루 코치의 손이 어지러이 상체를 오가고.

성인 대표팀 첫 참가에 첫 출전을 결승전에서 치르게 된 감성수가 3루에서 폴짝폴짝 뛰며 투수의 신경을 건드렸다.

1루와 타석을 번갈아 바라보던 저스틴 벌랜더가 욕설을 씹어뱉었다.

'빌어먹을.'

같은 타자에게, 그것도 지금까지 충분히 압도하던 타자에게 결승전에서 얻어맞은 홈런 두 방.

루키가 하나를 건져 내긴 했지만 투수 입장에서 그건 홈런이나 다름없었다.

"후우……."

다른 사람의 조언을 따랐던 스스로를 책하며.

"흐아앗-!"

저스틴 벌랜더가 가장 자신 있는 구종을 택했다.

[저스틴 벌랜더, 초구!]

포심 패스트볼.

코스는 도루를 막기에 가장 효과적인 바깥쪽 낮은 코스.

동시에 1루에서 감성수가 땅을 박찼다.

[주자, 뜁니다!]

초구부터 진행된 과감한 작전.

조 마우어가 코웃음 치며 2루 송구를 준비했다.

'감히…….'

100마일을 던지는 파이어볼러가 마운드에 서 있는데 2사 후 도루라니.

자신을 뭘로 봤기에 이런 작전을 편단 말인가.

잡고, 뽑고, 던지고, 아웃.

그리고 이닝 종료.

조 마우어는 머릿속에서 물 흐르듯이 그림을 그렸으나.

가장 처음.

잡는 것부터가 성사되지 못했다.

따아악-!

[초구 타격! 우측! 큽니다! 커요! 우측 담장! 우측 담장을……!]

[갔어요! 갔어요! 으아아아아ㅓ]

모두의 시선이 담장으로 향한 순간.

휘리릭-!

이미 결과를 확신한 김태곤의 배트가 하늘을 날았다.

[넘어갑니다ㅓ! 김태곤ㅓ! 김태곤의 투런! 류종인 감독의 대타 작전이 성공! 대성공을 거둡니다!]

한국에서 날아와 외로운 싸움을 펼치던 MBS SPORT+ 해설진의 절규 같은 환호가 침묵에 빠진 AT&T 파크에 울려 퍼졌다.

⚾

악몽.

비가 그친 뒤 재개된 6회 초는 그야말로 미국에게는 악몽과 같았다.

이윤규와 강종호의 연속 안타.

추신서의 홈런성 희생플라이.

이어진 김태곤의 진짜 홈런.

순식간에 점수는 4-0으로 벌어졌고.

저스틴 벌랜더에게 부채감을 가지고 있던 그렉 매덕스 감독조차 투수 교체를 미룰 수는 없었다.

[아, 투수 교체입니다. 저스틴 벌랜더 선수, 격렬한 반응을 보이며 마

운드를 내려갑니다.]

콰앙-!

"젠장!"

글러브를 집어던지며 감정을 주체하지 못하는 저스틴 벌랜더.

그의 모습을 지켜보는 미국 팬들의 손가락이 덜덜 떨렸다.

-진짜 이러다 지겠는데……

현실로 다가온 패배라는 그림자.

뻐엉-!

"스트라이크아웃!"

[삼진! 미첼 보그스 선수가 이대후 선수를 삼진으로 돌려세우면서, 길었던 6회 초가 끝이 납니다!]

[우천으로 인한 경기 중단까지 포함하면 정말 길었네요.]

세인트루이스 카디널스의 셋업맨, 미첼 보그스가 원 포인트로 등판해 겨우 6회 초를 마무리한 미국.

그들을 기다리는 건 도저히 쓰러지지 않을 것 같은 남자였다.

[김신 선수가…… 여전히 마운드를 지킵니다.]

-쟤는 도대체 왜 내려가질 않는 거임? 왜 계속 있는 건데!

─야구를 무슨 게임처럼 하고 있네 ㅋㅋㅋㅋㅋㅋ

└아아, 그게 바로 김신이라는 투수다. 양키스, 이 개자식들아. 너네 이런 기분 몰랐지? 억울하지? 엿 같지? 그게 바로 다른 팀들이 느끼는 감정이다.

└하나도 안 억울한데? 김신 파이팅! 부상만 당하지 말아 주세요! 양키스의 10년을 부탁해요!

└한국으로 이민 가라.

└김신 부상 기원.

그 상대로 올라온 건 공교롭게도 김신이 가장 경계하는 타자이자, 직전 이닝 홈런을 훔치는 호수비를 보여 준 사나이.

마이크 트라웃이었다.

[6회 말. 미국의 공격은 2번 타자 마이크 트라웃 선수부터 시작되겠습니다.]

이제 그만할 만도 한데 여상하게 다시 올라와 마운드의 흙을 고르는 김신의 모습에 마이크 트라웃이 헛웃음을 뱉었다.

'정말 9회까지 던지려는 건가. 하긴, 점수 지원까지 더해졌으니……'

이제는 여유가 없었다.

다른 이유가 아니라 오직 승리.

미국의 승리를 위해 마이크 트라웃이 방망이를 움켜쥐었다.

그리고 김신은 왼손을 들었다.

[좌완? 김신 선수가 좌완을 선택했습니다. 이번 경기에선 완벽히 좌우 놀이를 맞추던 김신 선수인데요.]

[설마, 또 뭔가 준비된 게 있나요……?]

마크 테세이라를 제외하곤 스위치히터가 거의 없는 미국 팀을 상대로 김신은 얄미울 정도로 좌우 놀이를 지속해 왔다.

그런 김신이 다른 행태를 선보이니, 솥뚜껑 보고 놀라듯 마이크 트라웃을 포함한 해설진과 선수 모두 긴장해 침을 삼킬 수밖에 없었다.

'설마.'

지금까지 몇 번이고 상식을 파괴하는 일을 아무렇지 않게 행했던 김신이었으니까.

그러나 김신에게도 더 이상 준비된 수는 없었고.

좌완은 어쩔 수 없는 선택일 뿐이었다.

'6회 초가 너무 길었어.'

당연히 점수 차를 벌린 건 좋은 일이었으나.

우천으로 인한 경기 중단에 이은 타선의 폭발 탓에 김신의 예상보다 휴식 시간이 길어지면서.

난로까지 동원했음에도 어깨가 식는 걸 막을 수 없었던 것이다.

결국 김신은 다시 어깨를 데우기 위해 연습 투구를 해야 했고.

얼마 남지 않은 체력을 두고 결단을 내려야 했다.

한쪽 어깨의 쿨 다운을.

이제 남은 건 한 줌의 체력과 한쪽 팔뿐.

[한국 팀 배터리의 사인 교환이 길어집니다.]

강민훈과 신중하게 사인을 교환하며, 김신은 스스로의 한계를 결정지었다.

'길어도 이번 이닝까지야.'

물론 근성을 발휘해, 혹여나 찾아올지 모를 실패를 감수하면서 조금 더 던질 수는 있었다.

4점이라는 점수 차이는 그럴 수 있는 근거를 충분히 제공했으니까.

그런 과정에서, 그런 경험을 통해 김신 스스로 조금 더 성장할 수 있을지도 모를 일이었다.

하지만 김신의 생각은 확고했다.

그를 대체할 선수가 없었다면 모르되, 팀에 피해를 입힐 생각이 없었다.

월드시리즈 7차전에서 그러했듯이.

실패를 감수하는 근성과 끈기는 결국 개인을 위한 것.

팀이 그걸 같이 감수해 줘야 할 의무는 없었으며.

설령 실패를 딛고 성장하더라도 그건 개인의 성공일 뿐 팀의 성공을 담보하지는 못했다.

'그런 건 지긋지긋하지.'

3회의 사이 영을 타고도 한 개의 우승 반지도 얻지 못했던 김신.

그에게 개인만 남고 추락하는 팀을 바라보는 건 끔찍한 일이었다.

더군다나 지금은 WBC 결승전.

누군가가 경험하고 발전하는 공간이 아니라 증명하고 보여 줘야 하는 곳.

김신이 마지막 불꽃을 태우기 위해 라이터를 당겼다.

뻐엉—!

[초구 바깥쪽! 벗어납니다!]

커브.

뻐엉—!

"스트라이크!"

[다시 커브! 몸 쪽 낮은 코스에 정확히 걸칩니다!]

다시 커브.

따악—!

[1루 쪽! 벗어납니다! 파울! 1-2가 됩니다!]

[이번에도 커브였죠?]

그리고 또다시 커브.

스트라이크존 상단에서 땅바닥까지.

아슬아슬한 몸 쪽부터 완전히 벗어나는 바깥쪽까지.

체력 안배 따위는 머릿속에서 지워 버린 남자의 커브가 타석을 물들였다.

따악-!

그러나 마이크 트라웃은.

비운의 신인왕이자 비운의 MVP는.

1인자 앞에 선 2인자는.

호락호락하지 않았다.

[다시 커팅! 이번엔 3루 쪽으로 벗어납니다!]

커팅, 커팅, 그리고 또다시 커팅.

김신이 가장 경계했던, 고의사구로 거르려고까지 했던 타자가 그 이유를 명명백백히 보여 주었다.

따악-!

[높이 뜹니다! 포수 강민훈 달려가지만…… 관중석으로 넘어갑니다! 파울!]

범인들은 범접할 수 없는.

절대자들의 시간이었다.

◉

따악-!

"……."

경기를 지켜보며 이리저리 품평하던 게리 산체스가 입을 다물었다.

따악–!

"……."

자료를 수집하며 의견을 나누던 빌리 리와 데이비드 콘돌이 펜을 멈췄다.

따악–!

"……."

경기장에 있던 관중들, 선수들이 침묵에 빠졌다.

따악–!

"……."

브라운관 앞에 모여 가벼이 맥주를 나누던 팬들의 손이 정지했다.

간신히 해설 위원들만이, 떨리는 목소리로 중계를 이어 갔다.

[파, 파울. 14구도 파울입니다.]

처절했다.

한 구, 한 구 던질 때마다 김신이 지쳐 가는 게 보였다.

그의 유니폼이 땀으로 흠뻑 젖고, 턱을 따라 땀방울이 떨어졌다.

한 구, 한 구를 쳐 낼 때마다 마이크 트라웃의 가슴이 오르내리는 게 보였다.

타격이 끝날 때마다 팔을 들어 땀을 닦아 내는 모습이 적나라하게 노출됐다.

하지만 김신은 다시 공을 던졌고.

따악-!

마이크 트라웃은 다시 그걸 쳐 냈다.

정지된 시간 속에 두 남자가 서로만을 눈에 담았다.

아니, 상대가 아니라 눈동자에 비친 스스로를 바라봤다.

[김신 선수, 제 16구!]

따악-!

두 절대자의 정신이 하늘 높은 곳으로 승천했다.

두 천재의 몸이 할 수 있는 최선의 움직임을 보였다.

17구, 18구, 19구, 20구.

따악-!

극도로 몰입한 김신의 정신이 본능적으로 결론을 내렸다.

'이대로는 안 돼.'

포심, 체인지업, 커브, 슬라이더.

안쪽, 바깥쪽, 위, 아래.

이미 모든 구종과 코스를 사용했다.

그런데도 상대가 쓰러지지 않는다.

그렇다면 해야 할 건?

'다른 게 필요해.'

상대가 예상조차 하지 못한 비수.

한껏 고양된 정신이 0.1초 만에 답을 찾아 왔다.

'정말?'

정말.

'진짜로?'

진짜로.

김신이 다리를 움직였다.

팔꿈치를 들어올리고.

팔을 채찍처럼 휘둘렀다.

그리고…… 손가락을 튀겼다.

극도로 단련된 둔근이 마지막 힘을 짜 냈다.

'뭐지……?'

공이 손에서 떠나는 순간, 김신의 정신이 현실로 내려왔다.

회전하지 않는, 마치 정지한 것 같은 공이 조명을 받으며
나풀나풀 날았다.

부우웅-.

마침내.

뻐억-!

다른 소리가 울렸다.

"스트라이크!"

반복되던 시간이 깨어지고, 경기장이 생명을 얻었다.

[낫아웃! 스트라이크낫아웃! 강민훈, 공 놓쳤습니다!]

그사이 마이크 트라웃이 번개같이 내달렸다.

우타자임에도 1루까지 4초가 채 걸리지 않는 빠른 발이 지
축을 흔들었다.

삐엉—!

심판의 손이 양쪽으로 들어 올려졌다.

[세이프! 세이프입니다! 21구 승부 끝에 마이크 트라웃이 1루를 밟습니다!]

길었던 승부의 끝.

하지만 김신은 이번 생 처음으로 승부의 끝을 직시하지 못했다.

그의 시선이 자신의 손끝으로 향했다.

'이건⋯⋯.'

아니, 그의 시선뿐만이 아니었다.

1루에서 정신을 차린 마이크 트라웃도.

그라운드에 서 있던 선수들도.

양 팀 더그아웃도.

관중들도.

그의 투구를 바라보고 있던 모든 사람의 시선이 그의 손끝으로 향했다.

이윽고 전광판에 그 이유가 드러났다.

[이건 역시⋯⋯ 너클볼⋯⋯ 아닌가요?]

[허어⋯⋯.]

김신이 애타게 구애했으나 한사코 외면하던 미녀가 그의 품에 안겨 있었다.

너클볼.

부상이나 세월에 좌절한 투수마저도 일으켜 세워 주는 마지막 희망.

1루 커버를 갈 수 없게 되는, 최후의 최후까지 투수를 마운드에 설 수 있게 만들어 주는 공.

과거의 김신이 절실히 바랐으나 결국 던질 수 없었던 구종.

'어떻게 된 거지?'

본래 김신이 너클볼을 던질 줄 아는 건 맞았지만.

그는 단 한 번도 너클볼을 조절해 보지 못했다.

스트라이크, 볼은커녕 포수가 잡을 수 있게끔 던지는 것도 불가능했다.

그런데 방금 구사한 그 공은 분명히 스트라이크존에 들어갔으며.

그의 손끝에는 아직 그 짜릿한 감각이 남아 있었다.

김신이 생각을 그만뒀다.

'어떻게 되었든 상관없지.'

중요한 건 던질 수 있다는 것.

이 감각을 놓치고 싶지 않았다.

하지만.

[류종인 감독이 올라옵니다.]

마운드로 다가오는 류종인 감독을 인식한 김신의 사고가 욕망을 순식간에 단념시켰다.

'포수가 없어.'

그 누구도 예측할 수 없기에 반드시 전담 포수를 필요로 하는 것이 바로 너클볼.

하지만 한국 대표팀 스쿼드에는 너클볼을 잡아 줄 만한 포수가 존재하지 않았다.

강민훈이 공을 놓친 건 그럴 수 있는 일이었다.

그럼 지금까지처럼 던지면 되지 않느냐고?

"고생했다. 정말…… 고생했다."

"예."

떨리는 손.

류종인 감독에게 공을 건네는 김신의 손이 그 대답이었다.

'어쩔 수 없지.'

팬들에게 환상적인 밤을 선물한 투수가 마운드를 내려갔다.

짝짝짝짝짝-!

관중들의 기립 박수가 AT&T 파크를 가득 메웠다.

'실내 피칭장에서 한 번만 던져 볼까?'

김신이 떠난 그라운드.

여러 가지 소리들이 그곳에 울려 퍼졌다.

"컴 온-!"

선수들의 포효.

"우와아아아아-!"

관중들의 환호성.

뻐엉-!

공이 미트에 틀어박히는 소리.

따악-!

방망이가 공을 때리는 소리.

윤상민-박천후-정다현-오승한으로 이어지는 한국 불펜진이 혼신의 힘을 다했고.

히스 벨-글렌 퍼킨스-크레이그 킴브렐로 이어지는 메이저리그 마무리 투수들이 역투를 펼쳤다.

감성수와 이준영이 타석에서 방망이를 휘둘렀고.

트로이 툴로위츠키와 에반 롱고리아가 대타로 그라운드를 밟았다.

그리고.

[경기 끝났습니다! 최종 스코어 6-5! 2013 월드 베이스볼 클래식이 대단원의 막을 내립니다! 트로피의 주인공은……!]

경기가 끝났다.

2013년 3월 20일.

수많은 화제를 모았던 2013 월드 베이스볼 클래식이 대단원의 막을 내린 바로 다음 날.

김신은 어색한 정장을 입고 부드러운 손길을 맞이하고 있었다.

"그냥 내가 할게. 별것도 아닌데, 뭘."

"별게 아니라니! 있어 봐. 이렇게 하는 거였는데……?"

그 손길의 주인공은 그의 연인, 캐서린 아르민.

어젯밤 실내 피칭장에서 그를 끄집어 낸 여자였다.

－자기 진짜 미쳤어!? 당장 나와!

먼 뉴욕에서 AT&T 파크까지 그를 직접 보고, 직접 챙기기 위해 날아왔던 여자.

－내 남자 내가 챙겨야지, 누가 챙겨?

마사지 베드에 그를 눕혀 놓고 단단한 근육을 온 힘을 다해 누르며 구슬땀을 흘리던, 그녀의 아름다운 모습이 생각나 김신이 살포시 웃었다.

"큭큭."

"왜, 이상해?"

"큼, 아냐. 잘됐는데? 이 정도면 디자이너가 해 줬다고 해도 믿겠어."

"하여튼 말은…… 됐고. 이제 가. 가서 잘하고 와."

"정말 같이 안 가? 같이 가도 되는데."

"내가 거길 왜 가. 나중에…… 나중에 기회 되면 같이 가자."

"흠, 일단 알았어."

"일단은 뭐야?"

"아냐, 늦겠다. 먼저 갈게."

"응, 몸은 괜찮은 거지? 연락 꼭 하고!"

"응, 괜찮아. 연락할게."

쿵-!

호텔방 문을 닫고 나온 김신이 과거에는 익숙했던, 하지만 지금은 불편하기 짝이 없는 정장 재킷을 휘날리며 향한 곳은 AT&T 파크.

　-경기 끝났습니다!

　-와아아아아아-!

선수들의 열정과 관중의 환호가 사라진 지 아직 채 24시간도 되지 않은 결승전의 무대.

"잠시 여기서 대기하시면 됩니다."

"네."

진행 요원의 안내에 따라 통로 앞에 선 김신의 뇌리에 어젯밤이 스쳐 지나갔다.

　─이대후! 이 타구가 좌중간을 완벽히 가릅니다! 이대후
의 적시타! 한 점 더 달아나는 대한민국! 미국의 추격을 뿌
리칩니다!

　히스 벨, 글렌 퍼킨스, 크레이그 킴브렐이라는 내로라하는
메이저리그 마무리 투수들을 상대로 추가점까지 뽑아내며 9
회 말까지 미국 팬들의 간담을 서늘하게 했던 한국 대표팀의
선전.

　─좌측! 좌측 담장! 좌측 담장! 넘어……갑니다─! 오, 데
릭 지터! 데릭 지터예요! 데릭 지터가 월드 베이스볼 클래
식 트로피를 미국에 선물합니다! 아름다운 밤입니다!

　그러나 결국 9회 말 2아웃에 끝내기 투런 홈런을 때려 낸
지독한 남자, 데릭 지터.

　─최종 스코어 6-5! 2013 월드 베이스볼 클래식이 대단
원의 막을 내립니다! 트로피의 주인공은 미국! 미국이 야구
종주국의 위상을 되찾습니다!
　─정말 마지막까지 손에 땀을 쥐는 경기였어요! 대한민

국 선수들의 투혼에 박수를 보냅니다!

울고 웃는 팬들.

　-미안하다.

그의 눈치를 보던 대표팀 동료들과 일부러 찾아와 손을 마주 잡던 박천후까지.

김신이 나름의 방법으로 준우승의 아쉬움을 삼키고 있을 무렵이었다.

"준비됐습니다. 가시죠."

진행 요원의 전언이 그의 상념을 깨뜨리고.

순식간에 아쉬움을 지워 낸 김신의 발걸음이 통로를 가로질렀다.

뚜벅- 뚜벅-.

그의 발소리를 따라 들어오는 햇빛.

그 아래 펼쳐진 것은.

짝, 짝짝…… 짝짝짝짝짝-!

마치 개선장군을 환영하듯 좌우로 도열한 남자들의 손에서 울려 퍼지는 박수 소리와.

"축하한다."

"축하해!"

"축하합니다!"

류종인 감독을 위시로 박천후, 이송엽, 추신서, 이대후, 오승한 등 그를 축하해 주기 위해 귀국을 연기한 대표팀 동료들의 얼굴.

"훌륭했다."

"넌 받을 자격이 있어."

"멋있는데, 신? 정장이 잘 어울려."

그렉 매덕스 감독을 필두로 조 마우어, 데이비드 라이트, 지안카를로 스탠튼, 마크 테세이라, 마이크 트라웃 등 구단으로부터 받은 단 하루 동안의 짧은 휴가임에도 그를 위해 사용하기로 한 선수들의 환영이었다.

그리고 저 멀리.

두 개의 트로피 앞에 두 남자가 보였다.

"어서 오십시오, 킴!"

만면에 웃음을 가득 머금고, 두 팔 벌려 그를 맞이하는 메이저리그 커미셔너 버드 셀릭과.

"왔냐? 지독한 자식아."

데릭 지터.

마찬가지로 정장을 쫙 빼 입고 친근함을 표시해 오는 어제의 또 다른 주인공이자, 내일의 캡틴이었다.

"예? 누가 더 지독한지는 어제의 결과가 말해 주는 거 같은데요."

"그래? 어째 나랑 근거는 똑같은데 결론이 다른 거 같다?"

2번과 92번. 양키스의 과거와 미래가 나란히 선 순간, 사회자의 목소리가 스피크에서 흘러나왔다.

[2013년 3월 20일. 커미셔너 특별상 수상식을 거행하겠습니다.]

커미셔너 특별상(commissioner's historic achievement award).

역대 최다 사이 영 수상자 로저 클레멘스.

메이저리그 최다 안타 기록을 깨부순 스즈키 이치로.

'재키 로빈슨'의 아내 레이첼 로빈슨 등.

사이 영, MVP 등 매년마다 주어지는 게 아닌.

메이저리그에 한 획을 그은 사람과 팀에 주어지는 영예.

그 수상을 위해, 먼저 데릭 지터가 한발 앞으로 나아갔다.

"뉴욕 양키스! 뉴욕 양키스의 정규 시즌 최다 승 타이기록 및 2012 월드 시리즈 우승을 축하하며 이 상을 수여합니다!"

"감사합니다."

뉴욕 양키스를 대표하기에 충분한 남자가 트로피를 받아 들었다.

그다음은 당연히.

"김신 선수!"

버드 셀릭 커미셔너의 부름에 메이저리그 역사에 길이 남을 무결점 시즌의 주인공이자, 월드 베이스볼 클래식 MVP가 걸음을 옮겼다.

"김신 선수의 메이저리그 최초 무패 시즌과 0점대 방어율,

사이 영, MVP, 그리고 월드 베이스볼 클래식에서 보여 준 투혼과 MVP 수상을 축하하며 이 상을 수여합니다!"

캐서린의 노고가 깃든 넥타이를 매고.

김신이 밝게 웃었다.

⚾

"으응……."

샌프란시스코에서 뉴욕으로 향하는 전용기 안.

제대로 잠도 자지 못한 고된 일정 탓인지 금세 수마에 빠져든 캐서린의 머리카락을 김신이 간질이고 있을 무렵.

"세상 참 좋아졌다. 전용기에 여자 친구를 다 태우고 말이야."

그녀가 확실히 잠든 걸 확인한 데릭 지터가 짐짓 핀잔을 속삭여 왔다.

"그러고 보니 기사 보니까 널 버드 셀릭의 남자라고 하던데. 여자 친구한테 해명은 했냐?"

마흔이 다 되어 가는 나이라고는 생각할 수 없는 유치한 장난.

김신이 조용히 한숨을 내뱉었다.

"어휴, 캡틴……."

하나 데릭 지터는 한술 더 떠 그들 뒤편에 자리한 트로피를 번갈아 바라보며 어깨를 으쓱했다.

"부러워서 그런다, 부러워서. 누구는 커미셔너 특별상도 받고, 애인이 샌프란시스코까지 날아오는데 누구는 상도 없고~ 애인도 없고~."

장난기 가득한 그 얼굴에 김신은 속으로 더 깊은 한숨을 몰아쉬었다.

'어차피 곧 받을 양반이…….'

올해를 끝으로 은퇴하는 마리아노 리베라와 마찬가지로 내년 은퇴와 동시에 커미셔너 특별상을 받을 남자가 저런 모습이라니.

더군다나 애인 소리는 더 기가 막혔다.

'애인은 무슨, 한 트럭은 있었으면서. 그리고 지금쯤 그분하고 잘돼 가고 있을 때지 않나.'

뉴욕의 왕이라 불리며 수많은 미녀 스타와 염문을 뿌린 걸로도 모자라 김신 자신보다 겨우 두 살 많은 미녀 모델과 얼마 안 있어 결혼할 사람이 바로 데릭 지터였으니까.

'확 오픈해 버려?'

그렇게 김신이 치명적인 반격에 잠시 혹했을 찰나.

"이봐, 애송이."

금세 진지 모드로 변환한 데릭 지터가 본론을 꺼내 왔다.

"몸은 정말 괜찮은 거 맞지?"

그 물음에 김신 또한 진중하게 답했다.

"네, 정밀 검사는 가서 더 해 봐야겠지만, 현재로선 큰 문제는 없습니다."

"좋아. 그렇다니 다행이군. 다만 그래도 한 가지, 솔직히 국가를 위해 뛰겠다는데 내가 뭐라 할 수는 없지만, 적어도 어제처럼 할 거면 구단과 협의는 해. 나한테까지 전화 오게 하지 말고."

"……예."

"그리고 첫 데뷔전 때부터 자꾸 비밀로 하고 있다가 사고 치는데, 웬만하면 이제 자제해라. 넌 이제 흔한 루키가 아니야. 큰 힘에는 큰 책임이 따른다, 알지?"

"예."

물론 지금 다시 돌아가도 똑같은 선택을 하겠지만, 굳이 데릭 지터 앞에서 그걸 표현할 정도로 김신은 사회생활에 문외한이 아니었다.

김신이 순순히 고개를 끄덕이자 데릭 지터 또한 쿨하게 고개를 끄덕였다.

"좋아. 그럼 불편한 얘기는 여기까…… 아, 맞다. 너클볼. 그건 어떻게 할 거지? 계속 던질 예정인가?"

깜빡했다는 듯 이어진 질문에 김신의 시선이 잠시 왼손 끝으로 향했다.

마이크 트라웃과의 마지막 승부에서 갑작스레 찾아온 영감.

기억을 떠올리면 아직도 짜릿짜릿한 손끝.

하지만 곧바로 실내 피칭장을 찾아갔음에도 사라져 버린 요망한 놈, 너클볼.

아쉽지 않다면 당연히 거짓말이었으나, 김신은 어제도 지금도 한결같았다.

'처음이 어렵지, 그다음은 쉬운 법. 지금은 못해도 언젠가는……'

지금 당장은 어렵지만 머지않은 미래에.

너클볼을 던질 수 있다는 확신을 담아.

'어차피 던질 수 있다 쳐도 지금은 현실적으로 굳이 필요도 없고, 문제도 많아.'

다시 슬며시 올라오려던 아쉬움을 흩어 버린 김신이 고개를 저었다.

"아뇨, 그건 우연이었어요. 저도 어떻게 던졌는지 몰라요. 설령 던질 수 있다 해도 다시 던질 생각도 없고요."

"그래?"

"예, 지금 제 피칭 스타일상 굳이 섞을 필요도 없고…… 우리 팀에 전담 포수도 없잖아요."

"전담 포수야 구하면 되지."

"에이, 됐습니다."

김신의 확고한 대답을 들은 데릭 지터가 씨익 웃었다.

"그러면 뭐…… 감독님하고 배터리 코치님, 특히 네 마누라가 아주 좋아하겠네. 전화해 보니까 설마 너클볼 포구 연습까지 해야 하냐고 징징거리던데."

"……게리 말입니까?"

"그래. 오! 그러고 보니 넌 애인이 셋이야? 버드 셀릭, 게리 산체스, 여자 친구분? 이야, 이거 능력자네!"

"캡틴……."

순식간에 다시 장난 모드로 돌아온 데릭 지터의 모습에 고개를 저으며.

'안 던질 거라고 했지, 훈련을 안 한다곤 안 했는데.'

김신의 손가락이 누군가에게 청천벽력을 내렸다.

―돌아가면 포구 훈련 준비해. 너클볼은 처음이지?

―미친 새끼. 안 해!

―이제 주전 포수인데 포구 연습해야지. 그리고 나중에 너클볼 못 받아서 나랑 배터리 안 할래?

―넌 진짜…….

게리 산체스의 반응에 사악하게 웃음 짓는 김신과 똑같이 핸드폰을 잡고 누군가와 대화에 열중인 데릭 지터.

"콜!"

"오케이, 콜! 까!"

"9 스트레이트. 이걸로 첫 원정 원정비는 내가……."

"어허, 무슨 소릴……. 끝날 때까지 끝난 게 아니라는 말

몰라? A 풀하우스. 칩 가져와."

"오 마이……."

그들을 아랑곳 않고 포커 치기에 열중인 추신서와 마크 테세이라.

"음냐……."

깊은 잠에 빠진 캐서린을 실은 전용기가 뉴욕으로 향했다.

〈데릭 지터와 김신 없는 양키스, 기대에 못 미치는 시범 경기. 시즌 초반 적신호?〉

〈A-rod, "이번 시즌은 준비 많이 했어. 느낌이 좋아."〉

호랑이 없는 산중을 어지럽히는 늑대가 있는 곳으로 가기 전.

작지만 달콤한 사흘간의 휴식을 위해.

스프링 캠프.

일찌감치 몸을 끌어올린 루키들이 전력을 다해 자신을 증명하기에 여념이 없는 기간.

2013년 3월 24일.

그 증명의 기간을 5일 남겨 둔 날 아침.

뉴욕에서의 달콤한 휴식을 끝마친 네 남자가 올해도 어김없이 양키스 스프링 캠프가 차려진 조지 M. 스타인브레너 필드에 발을 디뎠다.

"오! 캡틴!"

"WBC 우승 축하드립니다!"

데릭 지터, 마크 테세이라, 추신서.

단 한 경기도 뛰지 않았지만, 로스터에서 제외되는 것이 상상도 되지 않는 남자들.

그들 사이에서, 그들과 같은…… 아니, 그들보다 더욱 빛나는 위상으로.

김신이 올해 처음으로, 조지 M. 스타인브레너 필드의 그라운드를 밟았다.

"축하해, 킴! 커미셔너 특별상 위너!"

"올해도 잘 부탁해!"

"경기 봤어, 우릴 상대할 친구들이 불쌍하던걸. 큭큭!"

상전벽해(桑田碧海).

고작 1년 만에 자신을 증명해야 하는 입장에서 기대를 받는 입장이 된.

홀로 쓸쓸이 라커룸으로 걸어갔던 루키에서 두 개의 라커룸을 동시에 사용하는 팀의 주축이 된 김신.

그의 따뜻한 시선이 그를 환영해 오는 핀 스트라이프들과 일일이 마주쳤다.

올해 은퇴를 천명한 앤디 페티트와 마리아노 리베라.

내년 FA를 앞두고 어느 때보다 열심이었을 브렛 가드너와 커티스 그랜더슨.

이제는 확고하게 주전으로 자리 잡아 여유 있는 태도를 보이는 조시 도널드슨과 매니 마차도.

명백히 양키스보다 나은 조건을 제시했던 필라델피아 필리스를 버리고 잔류한 스즈키 이치로.

그리고.

'……돌아왔군.'

그 스즈키 이치로에게 치근대며 악취를 풍기고 있는 남자.

거기에 그치지 않고 양키스의 캡틴에게 주제 넘는 친밀감을 표출하는 범죄자.

"헤이, 지터. 오랜만이야."

"……A-rod."

알렉스 로드리게스.

"잠깐 얘기 좀 할까?"

"그러지."

그에게 향하는 데릭 지터의 굳은 표정을 확인한 김신이 절레절레 고개를 저을 찰나.

"야!"

며칠 전 김신에게 청천벽력과도 같은 통보를 받은 선수가 득달같이 달려왔다.

"너클볼 뭔데? 진짜 던질 수 있는 거야?"

"글쎄."

"뭐? 아니, 넌 왜 시원하게 말해 주는 법이 없냐!"

하지만 김신의 눈동자는 그답지 않은 귀여운 면모를 보이는 게리 산체스가 아니라 다른 쪽으로 향했다.

그가 주최했던 훈련 모임 멤버였던 코리 클루버와 델린 베탄시스를 따라 쭈뼛쭈뼛 걸어오고 있는 남자.

"이따 얘기하자."

"좋아. 튀기만 해 봐!"

시범 경기 종료 5일 전인 지금, 25인 로스터의 주인들을 제외한 웬만한 선수들은 모두 마이너로 내려갔을 시간에도 조지 M. 스타인브레너 필드에 자리한 투수.

"오랜만이야, 킴."

"네, 베탄시스 씨도요."

과거 김신에게 '거울에 비친'이라는 칭호를 수여했던 레전드.

"이쪽은 제이콥 디그롬. 더블A에서 뛰고 있는 투수인데, 공이 아주 좋아. 100마일을 뻥뻥 던진다고."

"그래요?"

제이콥 디그롬.

회귀하자마자 김신이 자신의 뒤를 맡기고자 했던 최고의 오른팔.

김신이 그에게 오른손을 내밀었다.

"반갑습니다, 미스터 디그롬. 김신입니다."

"영광입니다, 김신 선수. 제이콥 디그롬입니다."

머지않은 미래 완성될 양키스의 원투 펀치가 손을 맞잡았다.

김신과 제이콥 디그롬을 위시한 멤버들이 화기애애한 인사를 나누고 있을 시각.

"할 말은?"

데릭 지터는 건물 뒤편 후미진 곳에서 보기 싫은 얼굴과 마주하고 있었다.

"뭐가 그렇게 급해? 오늘 어차피 한두 타석만 소화하면 끝이잖아."

메이저리그에서도 손꼽히는 연봉을 수령하면서도.

팬들을 우롱하고 계속해서 금지 약물을 복용한 남자.

그런 주제에 뻔뻔히 얼굴을 들이밀고 언론과 연신 인터뷰를 하는 것도 모자라.

  -지터, 복귀하시면 팀 정리를 해 주셔야 할 것 같습니다. 빌어먹을 약쟁이가 물을 다 흐리고 있다더군요.

되지도 않는 정치질을 일삼으며 팀의 케미스트리마저 망가뜨리는 해충 중의 해충.

알렉스 로드리게스.

"오랜만에 대표팀 유니폼 입으니까 어땠……."

"A-rod."

듣기 싫은 목소리를 더 이상 참지 못한 데릭 지터가 그의 목소리를 끊어 냈다.

"할. 말."

그 서슬에 아무리 안면에 철판을 깐 알렉스 로드리게스라도 더 이상 너스레를 떨 수는 없었고.

"뭐, 바쁘다면 됐어. 본론으로 바로 들어가지."

이내 어깨를 으쓱한 알렉스 로드리게스의 입에서 데릭 지터를 화나다 못해 허탈하게 만드는 발언들이 튀어나왔다.

"군기 한번 잡아야겠어. 요즘 애들이 영 아니더라고. 동료애도 없고, 선배에 대한 예우도 어디다 팔아먹었는지, 원. 네가 없어서 그런가, 아니면 내가 1년 쉬는 동안 팀이 이렇게 된 건가? 아주 마음에 안 들어."

"……."

이딴 자식을 한때 동료로 생각했던 스스로에게 부끄러움을 느끼며 데릭 지터는 잠시 침묵했다.

팬들에게도, 후배들에게도 버림받고 언론의 먹잇감으로 전락한 놈이 부끄러운 줄도 모르고 이따위 말이나 지껄일 줄

이야.

하지만 알렉스 로드리게스는 멈출 줄 몰랐다.

"널 존중해서 미리 얘기하는 거야. 아님 네가 대신할래? 그게 나으려나?"

양키스라는 거대한 배를 움직이며 수많은 개자식을 봐 왔던 데릭 지터도 더 이상은 참지 못했다.

꽈악—!

"이거 왜 이래!"

데릭 지터의 단단한 팔뚝이 뺀질뺀질한 알렉스 로드리게스의 멱살을 움켜쥐었다.

"더러운 치터 새끼야, 잘 들어. 그 빌어먹을 약 냄새가 나는 혓바닥은 그만 놀리고, 얌전히 배트나 휘둘러. 너한테 타석을 허락한 행크 전 사장한테 감사하면서."

"지금 뭐……."

"앞으로 내 팀에서 네놈이 헛짓거리 한다는 소리가 다시 한번 들리면……. 각오해, 내가 어디까지 할 수 있는지 보여줄 테니까."

콰앙—!

알렉스 로드리게스를 벽에 던져 버린 데릭 지터가 뒤도 돌아보지 않고 떠나갔다.

"이런 개 같은……!"

아무리 현실을 외면하던 알렉스 로드리게스라도 더 이상

은 부정할 수 없었다.

거짓된 빛으로나마 찬란했던 영광은 흔적도 없이 사라졌으며.

이제는 팬들의 조롱과 후배들의 괄시를 감내해야 하리라고.

콰앙—!

분에 못 이겨 벽에 발길질을 하는 알렉스 로드리게스의 모습을 바라보며.

"역시 캡틴."

김신이 엄지를 치켜세웠다.

—헤이? 통화하던 사람 어디 갔나? 내가 지금 병원에 있다고 이렇게 무시해도 되는 거야?

상황을 모르는 C. C. 사바시아의 작은 목소리만이 전화기를 타고 울렸다.

휴일인 일요일보다 업무일인 금요일 저녁을 더 웃음 짓게 만들어 주는.

인간의 행복에 지대한 영향력을 행사하는 요소, 기대감.

2013시즌 겨울과 초봄, 양키스의 행보는 분명 세인들의 기대에 미치지 못했다.

〈양키스, 이번 시즌 보강은 아직? 팔짱만 끼고 있는 디펜딩 챔피언!〉

부상에서 복귀한 구로다 히로키와 쏠쏠히 백업 역할을 다해 주던 닉 스위셔는 클리블랜드로.

필승조의 한 축이었던 라파엘 소리아노는 워싱턴으로.

주전 포수였던 러셀 마틴은 피츠버그로 떠난 데다.

C. C. 사바시아는 미뤄 뒀던 팔꿈치 수술과 재활로 시즌 초반 결장을 확정지은 데 반해.

―우리 정말 아무도 안 사? 트레이드도 없어?

―캐시먼 이 자식이 하도 사기를 쳐서 아무도 전화 안 받는 거 아냐?

양키스는 겨울 이적 시장이 끝날 때까지 이렇다 할 보강 없이 스쿼드를 유지했다.

또한. 2013시즌의 시작을 알리는 시범 경기에서도.

〈또 졌다! 양키스, 보스턴 레드삭스에게 8-5 패배! 시범 경기 3연패!〉

극히 부진하다고는 할 수 없었지만.

전 시즌 메이저리그 최다 승 타이기록을 거둔 팀이라고는 생각할 수 없는 성적표를 팬들에게 선사했다.

그러나 놀랍게도.

"에이, 시범 경기가 시범 경기지, 정규 시즌이야? 작년에도 별 차이 없었어."

"그럼! 진짜는 4월부터지. 지금은 그냥 몸 풀기고."

양키스 골수팬들의 기대감은 별로 훼손되지 않았다.

그 이유는 세 가지.

첫째.

따악—!

[쳤습니다! 매니 마차도—! 1, 2루를 관통하는 타구! 가볍게 1루를 밟습니다! 이 선수 지난 시즌에 이어 여전히 뜨거운 타격감을 자랑하고 있어요!]

[아마 볼티모어에선 땅을 치고 후회하고 있을 겁니다. 심지어 다른 지구도 아니고 같은 아메리칸리그 동부 지구, 그것도 양키스에 가서 이렇게 터지다니요.]

매니 마차도, 델린 베탄시스 등 9월 확장 로스터로 빅리그에 합류했던 루키들이 당당히 주전으로 자리 잡은 데다.

따악—!

[이 타구가 좌중간을…… 가릅니다! A-rod의 적시타! 양키스가 1회 초부터 성큼성큼 앞서나갑니다!]

[1년을 쉬었지만 여전히 방망이만큼은 매섭네요.]

"개자식이긴 한데 야구는 또 잘해요."

"그러게 말이야."

보고 싶진 않지만 어쨌든 주는 연봉만큼은 써먹어야 하는 알렉스 로드리게스가 나름 괜찮은 빠따질을 보여 주고 있었던 덕에.

이탈자가 꽤 있었음에도 25인 로스터에 딱히 구멍이 안 보인다는 점.

"가을에 쓸 애들은 여름까지 사면 되는 거 아니겠어? 겨울에 아꼈으니까, 그땐 뭐…… 우리한테 돈으로 비빌 놈들이 없지. 맨날 밑에서 빌빌대는 놈들한테 불펜이랑 백업 야수 정도면 사 오면 끝이란 말씀!"

"해 봐야 입만 아픈 말을 뭐 하러 해? 올해 월드 시리즈 트로피에 양키스 이름이 새겨져 있는 거 모르는 사람도 있어?"

"없지. 약쟁이 새끼한테 트로피 하나가 추가된다는 게 엿같다는 걸 제외하면 다 좋아."

둘째.

은퇴 예정이긴 하지만 여전히 4~5선발은 충분히 먹어 줄 수 있는 앤디 페티트와 경쟁자들의 대두가 자극이 됐는지 전혀 다른 모습으로 나타난 마이클 피네다가 합류한 선발진.

마찬가지로 이번 시즌까지만 뛰고 은퇴하겠지만 변함없이 안정적인 마리아노 리베라가 이끄는 불펜진.

야구는 투수 놀음이라는 말이 있을 정도로, 어찌 보면 가장 중요한 투수진이 탄탄하다는 점에 더불어.

뻐엉-!

"스트라이크아웃!"

[삼진! 제이콥 디그롬-! 마지막 타자를 삼진으로 돌려세우면서 1회 말을 손쉽게 정리합니다! 마지막 공의 구속은 무려 100마일! 양키스의 유망주가 이름값을 높입니다!]

[100마일의 포심, 하드 슬라이더, 체인지업. 그야말로 김신 선수의 왼팔을 오른쪽에 단 선수예요. 물론 아직은 조금 더 담금질이 필요하긴 하겠지만, 빅리그에 데뷔할 날이 기대되네요.]

'김신의 왼팔을 오른쪽에 단 사나이'가 등장해 팬들의 가슴을 두근거리게 했다는 사실.

마지막으로.

진짜 양키스는 이제부터라는 걸 잘 알고 있었으니까.

[나우 배팅, 넘버 2! 데릭-! 지터-!]

거대한 전광판을 비추는 카메라가 움직였다.

19년째 양키스 팬들의 입에서 환호를 자아내는 등 번호부터.

[카메라가 돌아온 양키들을 잡아 줍니다.]

마크 테세이라와 추신서.

WBC에서 막 돌아온 회귀자들을 거쳐.

"와아아아아아-!"

"Kim Will Rock You-!"

팬들이 가장 애타게 기다렸던 승리의 상징까지.

"렛츠 고 양키스-!"

영원한 우승 후보라 불리는 팀, 뉴욕 양키스와.

영원한 사이 영 후보라 불릴 전대미문의 스위치 피처, 김신의 두 번째 시즌이 시작되려 하고 있었다.

뻐엉-!

"스트라이크-!"

⚾

〈완전체는 달랐다! 양키스, WBC 복귀 멤버 활약에 힘입어 휴스턴 7-3으로 격파!〉

추신서와 마크 테세이라가 복귀하면서 비었던 조각이 채워지고.

데릭 지터의 영향력 아래 팀 케미스트리마저 확립된 뉴욕 양키스는 달랐다.

─역시 캡틴이 있어야 해. 오자마자 애들 빠릿빠릿해진 거 봐.

─제이콥 디그롬도 진짜 보면 볼수록 물건이다. 제구가 좀 날리긴 해도, 오늘같이 잡히는 날엔 언터처블이네.

다만 그 사실에 환호하면서도 팬들은 또 다른 변화를 기다렸다.

─내일은 우리 에이스님께서 출전하시는 날이지? 목욕 재개하고 무릎 꿇고 기다린다.

└ㅋㅋㅋㅋㅋㅋㅋㅋㅋ 미친놈……은 나도. 나도 기다린다.

우완 언더핸드 체인지업과 우완 오버핸드 싱커 등 WBC에서 더욱 성장한 모습을 보여 준 김신의 첫 출전이 기대되지 않을 수 없었던 것.

하지만 양키스 팬들의 기대가 무색하게, 그들에게 김신의 헌헌한 모습을 관전할 기회는 주어지지 않았다.

팬들이 설레고 있을 시각, 그들이 꿈에서도 듣기 싫어했을 단어가 뉴욕 양키스의 심장부에서 울려 퍼졌다.

"부상?"

빌리 리의 한마디.

"김신이? 어디에! 얼마나!"

그 한마디가 웬만한 일에는 눈 하나 깜짝하지 않을 캐시먼을 경동(輕動)하게 했다.

김신에게 부상 소견이 보인다.

그 뜻은 일주일 앞으로 다가온 개막전을 책임져야 할 팀의 에이스.

아니, 이번 시즌을 책임져 줘야 할 팀의 코어에게 문제가 생겼다는 소리였으니까.

'이런 젠장……!'

하지만 급박한 표정으로 다그치는 캐시먼과 달리 빌리 리의 목소리는 평이했다.

"어제 훈련 중 김신 선수가 오른쪽 어깨에 미미한 통증을 호소했습니다. 통증이 워낙 미미하긴 했지만 혹시나 하여 재차 정밀 검사를 진행했고."

평소라면 빌리 리가 그다지 걱정하지 않는다는 것도, 그러니까 큰일일 가능성은 매우 적다는 것도 눈치챘을 테지만.

다급해진 캐시먼은 계속해서 대답을 종용했고.

"진행했고?"

쉬이 볼 수 없는 상관의 모습에 빌리 리의 목소리에 극소량의 웃음기가 담기고 나서야.

"정밀 검사 결과 오른쪽 능형근에 극소 부위 염증이 관찰됐습니다. 워낙 염증 크기가……."

"극소 부위 염증? 젠장, 빌리! 그것부터 말했어야지! 지금 날 놀리나!"

캐시먼의 표정이 제 모습을 찾고, 체통을 잃어버렸던 걸 무마하기 위한 호통이 떨어졌다.

오른쪽 어깨 능형근의 '극소 부위' 염증.

아주 미세한, 중요한 경기였다면 참고 던질 만한 부상.

시범 경기에서는 굳이 참을 필요도 없는 경미하디경미한 부상이었다.

다년간의 단장 경험으로 그 사실을 잘 알고 있는 브라이언 캐시먼이 가슴을 쓸어내렸다.

"후…… 그래, 차라리 다행이군. 아무 문제없는 것보다 오히려 나아. 검사 결과가 너무 멀쩡해서 되레 걱정했는데 말이야. 그 정도면 조금만 쉬면 될 텐데…… 개막전까진 회복 가능한 거겠지?"

"예, 보수적으로 잡아도 일주일이면 충분하고도 남는답니다. 오프 더 레코드로는 3일을 넘기지 않을 것 같다고 하더군요. 그동안 휴식을 취한 게 천만다행이랍니다."

이어지는 빌리 리의 확답에 화들짝 놀랐던 아저씨에서 냉철하고 능력 있는 단장으로 돌아온 캐시먼이 줄줄이 후속 조치를 지시했다.

"그럼 됐어. 추가적인 휴식을 부여하길 백번 잘했군. 언론에는 WBC에서의 무리한 연투를 고려해 시범 경기는 휴식을 취하기로 했다. 경기 감각은 WBC에서 충분히 조율했다. 이런 식으로 보도 자료 내보내."

"알겠습니다."

팬들과 선수들이 불안해하지 않도록 언론을 이용하고.

"그리고 뉴욕에선 왜 못 찾은 거지? 사유 파악해서 사유서 들고 와. 만약 말도 안 되는 실수였다면 팀 닥터 몇 명 갈아

치우는 것도 고려하자고."

"예, 그렇게 진행하겠습니다."

"혹시 모르니까 컬럼비아 대학병원에 자문도 구하도록
해. 아, 그리고 자네도 사유서 써."

"예?"

"어디 상관을 놀리고 앉았나? 괘씸죄야."

"……예."

다시는 문제가 재발하지 않도록 조사를 지시했다.

그러나 그런 조치가 무색하게도.

〈김신, 시범 경기 내내 휴식. WBC 연투의 여파인가〉

－언론 보도상으로는 전혀 문제없이 정상이라는데…… 뒤로는
뭐 있는 거 아냐? 적어도 2이닝 정도는 던질 줄 알았는데…….

－그러게. 이거 괜히 불안해지네.

－에휴, WBC에서 연투는 왜 해 가지고…….

김신의 비정상적인 결장 소식을 접한 팬들은 동요했다.

〈양키스 프런트, 김신은 그저 휴식을 부여받은 것뿐. WBC
참가로 경기 감각에는 문제없어!〉

팬들을 안심시키기 위한 양키스 프런트의 보도 자료가 나갔음에도 그들의 불안감은 별반 달라지지 않았다.

팬들의 불안감을 해소해 줄 수 있는 건 오직 하나.

ㅡ빨리 개막전 선발 공개해 줬으면 좋겠다. 그러면 좀 안심할 듯.

에이스의 상징.

새로운 시즌을 여는 개막전 선발 자리의 주인이 누구인가가 공개되는 것뿐.

ㅡ며칠만 기다려 보자고. 기사대로 별일 없을 거야. 아마.

여기저기 열리는 시범 경기를 지켜보면서도, 팬들의 시선이 연신 스마트폰으로 향했다.

팬들의 기다림만큼이나 시간은 빠르게 흘렀다.

〈쾌조의 3연승! 거칠 것 없는 양키스! 시범 경기 막판 뒷심 발휘해〉

제이콥 디그롬의 마지막 등판 이후 남아 있던 모든 마이너 리거가 제자리를 찾아 내려간 뒤.

25명의 정규 로스터로 구성된 뉴욕 양키스는 시범 경기에서 승승장구했다.

그리고 게리 산체스는, 고통받았다.

빠악-!

"끄윽."

떨어지는 낙엽도 피한다는 말년 병장처럼 조신하게 굴던 김신이 능형근 염증의 완치 소견을 듣자마자 산체스를 불러낸 것이었다.

뻐억-!

"아오!"

그 이유는? 말할 것도 없는 훈련.

'아니, 무슨 이틀 만에 완치가 돼!'

전치 일주일, 오프 더 레코드로는 전치 삼 일을 판정받았던 김신의 부상이 팔팔한 20대 초반의 괴물 같은 회복력 덕에 이틀 만에 완치되면서.

득달같이 달려든 김신이 산체스를 과녁으로 세우고 너클볼을 던져 대기 시작한 것이었다.

개막전까지 남은 시간이 애매한 탓에 더 이상 시범 경기에 등판한다는 것도 무리가 있었으니, 김신의 남는 힘이 모두 게리 산체스와의 훈련에 쏟아지는 건 당연한 수순이었다.

뻐억-!

"끄악!"

그 덕에 게리 산체스는 미친년처럼 날뛰는 너클볼을 상대해야 했고.

빠각-!

공교롭게도 김신의 부상이 회복된 기간과 꼭 같은, 이틀 만에 폭발했다.

"야! 그만해! 쉬었다 하자!"

더 이상 못하겠다는 듯 실내 훈련장에 대 자로 누워 버린 게리 산체스.

그런 산체스의 속을 박박 긁는 김신의 설검이 날아들었다.

"엄살은. 별로 아프지도 않잖아."

"뭐? 니가 맞아 봤어? 맞아 봤냐고!"

"보호 장구도 다 착용했고…… 기껏해야 80마일 수준 아니야?"

게리 산체스가 발끈하여 상체를 일으켜 세웠다.

"하, 나 진짜……. 80마일은 맞아도 안 아프다든? 누가 그러디? 보호 장구 차면 안 아프다고 누가 그러디?"

격렬한 그 반응에 김신은 못 이기는 척 옆에 자리를 깔고 앉았다.

"그래, 알았어. 고생했다. 잠깐 쉬자."

"진즉에 그래야지. 나 쉴 테니까 말 걸지 마."

"오냐."

아예 눈까지 감아 버리는 산체스를 옆에 둔 채, 모범생 김신은 곧바로 몸에 배인 복습에 들어갔다.

'일단 구속은 충분해.'

80마일.

너클볼치고는 상당히 빨라 고속 너클볼이라고 불리는 R. A. 디키의 그것보다도 3~4마일 가까이 빠른 구속.

구속만 보면 김신의 너클볼은 메이저리그에서도 즉시 전력감이었다.

하지만.

'무브먼트야 그렇다 치더라도…… 실투가 너무 많아.'

최대 2회.

그 이상은 회전하면 안 되는 너클볼에 과한 회전이 걸려 밋밋한 배팅 볼이 되는 경우가 적지 않았다.

더군다나 더 심각한 문제는.

'역시 이렇게 단기간엔 되살릴 수는 없는 건가.'

번뜩이듯 찾아왔던 손끝의 감각.

그 영감이 찾아올 기미를 보이지 않으면서.

'스트라이크존에 공을 넣는 게 이렇게 힘들다니.'

예전과 같이.

김신의 너클볼이 계속해서 주인의 의지를 배반하고 있었다는 점이었다.

'그때랑 비슷한 구속이긴 한데…… 더 줄여서 연습해야 되나.'

그렇게 김신이 훈련의 변화를 고민하고 있을 때.

"야."

게리 산체스가 입을 열었다.

"너클볼, 이거…… 왜 이렇게 연습하냐?"

그 질문은 게리 산체스뿐 아니라 김신이 너클볼을 연마한다는 소식이 전해지면 누구나 떠올릴 의문이었다.

너클볼은 물론 마구라고 불릴 무브먼트와 극히 적은 체력소모 등 뛰어난 장점들을 가진 구종이지만, 결국 투수가 완벽하게 컨트롤할 수 없는 구종.

너클볼밖에 선택지가 없는 평범한 너클볼러들과 달리, 너클볼에 매달릴 이유가 전혀 없는 김신에게는 반드시 필요하다고 하기 어려운 구종이었다.

애초에 너클볼 없이도 무결점 시즌을 쓸 정도로 강력한 투수가 김신이었으니 더더욱.

설상가상으로 완전히 다른 투구 매커니즘을 가진 너클볼의 연마는 원래 김신의 구종들에 악영향을 끼칠 가능성마저 있었다.

그에 대한 김신의 답변은 간단했다.

"기회는 왔을 때 잡아야지."

과거처럼 아예 가능성이 보이지 않으면 모르되, 이미 할

수 있다는 걸 깨달은 시점에서 김신은 기회를 그냥 날려 버
릴 남자가 아니었다.

아니, 과거에도 1루 커버를 갈 수 있었다면 기어코 다시
일어나 주야장천 너클볼을 연마했을 것이다.

'오래오래 던져야지.'

먼 미래, 양팔이 지금과 같은 퍼포먼스를 내지 못하더라도.

마운드에 오르기 위해.

그것이 김신이 너클볼을 연마하는 이유였다.

다만 지금은 이제 충분했다.

"그게 뭔……."

게리 산체스의 물음 덕에 오히려 마음을 정리한 김신이 게
리 산체스의 뒷말을 끊어 냈다.

"이제 다시 하자. 준비해."

"뭐? 안 돼. 겨우 이거 쉬고 또 그 미친 공을 받으라고?"

"아니."

김신도 알고 있었다.

지금 그에게 너클볼은 필요치 않으며, 오히려 독이 될 수
도 있다는 걸.

그럼에도 그가 너클볼을 연마했던 건 먼 미래를 위해, 가
장 가능성 높은 시간에 감각을 살려 보고자 했을 뿐.

'아쉽지만 여기까지.'

감각은 돌아오지 않았지만, 가능성은 명백하니 됐다.

더 이상은 미래를 위한 준비가 아니라 자학이다.

언제나 면밀히 스스로를 관조하는 남자가 투구판으로 걸음을 옮겼다.

"방금이 끝이었어. 이제 너클볼은 안 던져."

"그럼……?"

"개막전 준비해야지. 자세 잡아."

거부할 수 없는 요구에 게리 산체스가 다시 쪼그려 앉았다.

뻐엉-!

포심, 슬라이더, 커브, 체인지업.

뻐엉-!

왼손과 오른손에서 동일한 구종들이 게리 산체스의 미트와 만나 지금까지와는 전혀 다른 소리들을 만들어 냈다.

뻐엉-!

그 소리가 실내 훈련장을 가득 메울 때까지.

게리 산체스는 몸을 일으킬 수 없었고.

그날 저녁.

반대로 양키스 팬들은 안심하고 몸을 누일 수 있었다.

〈김신, 뉴욕 양키스 개막전 선발 확정!〉

개막전 선발, 에이스의 자리는 김신의 것.

그 상대는.

〈뉴욕 양키스 VS 보스턴 레드삭스! 개막 시리즈부터 빅게임!〉

보스턴 레드삭스.
양키스와 떼려야 뗄 수 없는 악연을 가진 팀이자.
2013년 월드 시리즈 우승 팀이었다.

그의 양말은 줄무늬가 아니었다

연인(戀人).

남녀가 만나 서로 사랑을 하는 건 생각보다 쉽다.

그 사람의 배경은 하등 상관없이 첫눈에 반하기도 하는 게 남녀 관계고.

혹은 그 사람의 외모나 성격은 차치하고서라도 조건만으로 만남을 결정할 수도 있는 게 남녀 사이니까.

물론 그게 나쁘다는 건 아니다.

하지만 그러한 사랑의 시작이 그 사랑의 지속성을 담보하지 못한다는 건 자명하다.

외모만으로는 한때의 짧고 강렬한 기억이 될 뿐이며.

조건만 본 관계는 그 조건이 사라지면 함께 사그라들 신기

루와 같다.

그렇다면 오래도록 지속될, 서로를 보듬어 안으며 긴 인생을 끝까지 함께할 관계를 형성하려면 어디에 주목해야 할까.

외모, 성격, 경제력 등등 모든 조건을 만족하면 되지 않느냐고?

그러면 당연히 좋다. 그러나 현실에 없는 초자연적인 무언가가 작용한다고 해도 나한테 완전히 꼭 맞는, 그런 사람을 만날 수는 없다.

정답은 바로 '동반자'다.

연인이자 친구이며 가족이자 동료가 될 수 있는 사람.

사랑을 시작한 남녀가, 미래를 생각하는 커플이 서로에게서 찾아내야 하는 속성이 바로 이 사람이 나와 동반자가 될 수 있냐, 아니냐 하는 것이다.

그런 의미에서.

"부끄러운데……. 내가 코멘트한다고 도움이 되겠어? 선수 앞에서 팬이 분석을 하라니……."

캐서린 아르민은 김신의 가장 이상적인 동반자였다.

"물론 도움이 되지. 우리 속담에 서당 개 삼 년이면 풍월을 읊는다고 했어. 자긴 10년이 넘으니까 충분히 의미 있는 의견이 나올 수 있지. 준전문가라고나 할까."

"멍멍!"

"아오…… 큭큭, 귀여워 죽겠네."

과거에도 괜찮은 여자라는 건 알고 있었다.

그러나 연인이 되고 나서, 김신은 그 생각이 오판이라는 걸 인정해야 했다.

'괜찮은 정도가 아니지.'

고작 괜찮다고 평하기엔 너무나 훌륭한.

그의 기준 아래선 이상적이라고까지 말할 수 있는 여자.

"멍멍~?"

캐서린의 애교 섞인 몸짓에 김신이 시도 때도 없이 끓어오르는 욕망을 간신히 멈춰 세웠다.

"그만. 오늘은 진짜 자기 의견을 좀 듣고 싶다니까."

"누워서 하면 안 돼?"

"안 돼."

김신의 완고함에 마침내 캐서린의 표정에도 진지함이 깃들었다.

"흠, 보스턴…… 이번에 자잘한 영입을 좀 많이 했지. D-백스로 떠난 코디 로스 자리에 셰인 빅토리노를 데려왔고, 자니 곰스도 잡아 앉혔지. 스티븐 드류를 영입해서 유격수도 보강했고."

양키스 광팬답게 주적인 보스턴 레드삭스의 겨울 행보를 낱낱이 읊는 캐서린.

"선발진엔 라이언 뎀스터, 불펜진엔 우에하라 고지. 아, 피츠버그 마무리 조엘 한라한도 영입한 걸로 알아. 거기에 포수진도 싹 바뀌었어. 마이크 나폴리하고 데이비드 로스가 들어와서 아예 작년이랑 확 달라졌으니까. 뭐…… 나폴리는 1루수로 쓰려는 것 같기도 한데, 어쨌든. 맞다, 감독도 바뀌었어. 바비 발렌타인이 경질되고, 토론토 감독이었던 존 패럴이 지휘한대."

이윽고 그녀의 입에서 대부분의 양키스 팬이 생각하는 결론이 흘러나왔다.

"정리하자면 이것저것 많이 주워 담긴 했지만 대형 영입은 없었고, 오히려 선수들이 많이 바뀌어서 팀 단합이 제대로 될까 싶은 물음표가 달린다고나 할까? 감독도 이제 겨우 3년 차니까."

"그래?"

"그렇지 않겠어? 그리고 뭐…… 제대로 굴러간다 해도 작년에 꼴찌를 했던 팀이잖아. 조금 반등할 순 있어도 우리 양키스한텐 상대가 안 되지. 자기도 있는데."

잘해 봐야 3위.

그게 현재의 보스턴 레드삭스에 대한 세인들의 평가였다.

'역시.'

라이언 뎀스터가 더해졌다고 해도 거의 바뀌지 않은, 여전히 부실한 지난 시즌 최하위의 선발진과 빅 네임의 영입 없이 구멍을 틀어막는 수준의 보강.

거기에 작년 꼴찌라는 전적이 더해진 결과였다.

하지만 올해의 보스턴 레드삭스는 달랐다.

데이비드 오티즈와 자니 곰스로부터 시작된 '턱수염'들의 믿을 수 없는 단합력.

3년 차라고는 생각되지 않는 존 패럴 감독의 지휘력.

두 가지의 컬래버레이션 아래.

타선은 셰인 빅토리노, 자니 곰스, 마이크 나폴리, 스티븐 드류 등 영입한 중저가 FA들이 모조리 폭발하면서.

슈퍼스타는 없지만 쉬어 갈 데도 없는.

출루율, 장타율, 득점에서 모두 1위를 기록하는 핵 타선을 구축하고.

투수진은 존 래스터, 존 래키, 클레이 벅홀츠 등 리그 최하라 평가받던 기존 선발진들이 본디 보스턴 레드삭스 투수 코치였던 존 패럴 감독의 보살핌 아래 각성한 데다 우에하라 고지가 리그 최강의 마무리로 거듭나면서 반전.

그야말로 돌풍을 일으키며 월드 시리즈 트로피를 거머쥐는 게 올해의 보스턴 레드삭스였다.

'팀원들도 대부분 캐시처럼 생각하겠지.'

하지만 지난 시즌 역대급 성적을 썼던 양키스 선수들이 그런 걸 깊이 고려할 리가 없었고.

'쉽지 않을 거야.'

어쩔 수 없는 방심 속에서 펼쳐지는 개막 시리즈는 역사대로 루징 시리즈가 될 확률이 다분했다.

그러나 김신은 오히려 나쁘지 않다고 생각했다.

'한번 데여 봐야지.'

지난 시즌의 성공이 이번 시즌의 성공을 담보하지 못한다는 진리.

개막 시리즈에서의 고전은 연차 어린 선수들이 많은 뉴욕 양키스에게 그 진리를 체감할 수 있는 기회가 되리라.

더군다나 작년 꼴찌로서 충격 요법에 최적화된, 그러면서도 아주 높은 확률로 챔피언십 시리즈에서 만날 팀인 보스턴 레드삭스가 그 상대였으니 더욱 나쁘지 않았다.

"나, 뭐 잘못 말했어? 이상해?"

"아냐. 잠깐 생각 좀 했어. 다 맞아. 자긴 역시 양키스의 26번째 멤버가 될 자격이 충분해."

"아닌 거 같은데…….."

"아니긴. 진짜라니까."

긴가 민가 하는 표정으로 그를 바라봐 오는 연인의 손을 잡아끌면서.

'빅 네임 없이 조직력으로 1위…… 과연?'

역사를 바꾸기에 충분한 빅 네임이 의미심장하게 웃었다.

현재 보스턴 레드삭스의 역량을 가장 정확하게 인지하고

있는 남자가 연인과의 즐거운 시간에 한창일 무렵.

현재 보스턴 레드삭스의 역량을 두 번째로 확신하고 있는 남자는 고뇌에 휩싸여 있었다.

똑— 똑—.

고민의 시간 동안 일정한 박자로 책상을 두드리던 손가락에서 고통이 느껴질 만큼.

"끄응……."

그의 이름은 존 패럴.

보스턴 레드삭스의 투수 코치를 역임하고 토론토 블루제이스의 감독을 거쳐.

마침내 보스턴 레드삭스의 감독 자리에 앉게 된 남자였다.

그를 고민하게 만드는 건 이틀 앞으로 다가온 2013 메이저 리그 개막전의 라인업.

상대인 뉴욕 양키스는 자신에 차 일찌감치 라인업을 공개했지만, 그로서는 도저히 그렇게 할 수가 없었다.

문제는 단 하나.

"김신…… 어떻게 해야 하지?"

커리어 내내 패배가 단 하나도 없는 투수를 어찌 상대해야 하는가.

물론 존 패럴은 보스턴 레드삭스의 강함을 확신하고 있었다.

새로 합류한 얼굴들은 팀에 잘 녹아들고 있었고.

선발 투수들의 공과 자신감도 지난 시즌에 비하면 놀랄 만큼 좋아졌다.

시범 경기에서 파악한 바에 의하면 컨디션 또한 더할 나위 없었다.

그럼에도 김신이 마운드에 오른 뉴욕 양키스는 너무나 높은 벽이었다. 보스턴 레드삭스의 감독이 개막전에 힘을 뺄 생각까지 할 만큼.

"개막전만 아니었어도……."

이성적으로는 5선발을 내밀고 1차전을 던져 주는 게 낫다.

양키스의 2, 3선발은 김신에 비하면 손색이 아주 커서, 현재의 보스턴 레드삭스 타선이라면 충분히 이겨 낼 수 있다고 판단하고 있었으니까.

하지만 개막전.

그것도 뉴욕 양키스와 보스턴 레드삭스의 개막전이라는 게 문제였다.

이제 막 부임한, 경력도 짧은 감독이 라이벌과의 개막전에서 5선발을 먼저 내보낸다?

뉴욕 양키스를 상대로 시작부터 도망을 간다?

팬들은 물론 선수들도 쉬이 받아들이지 못할 것이며.

그것은 경질된 전임자, 바비 발렌타인처럼 팀과 감독 간에 불화를 야기하는 꼴이었다.

그렇다고 1선발 존 레스터를 내보내는 건 그야말로 도돌

이표.

보스턴 레드삭스의 위치는 명실상부한 우승 후보, 역대급 전력을 구비한 뉴욕 양키스와 같은 아메리칸 동부 지구.

와일드카드를 생각하면 단 한 개의 승수도 소중한 마당에 1선발을 그렇게 소모하는 건 너무 아까웠다.

존 패럴 감독의 고개가 컴퓨터 안에서 반복해서 돌아가고 있는 영상 쪽으로 향했다.

삐엉-!

수도 없이 분석한 김신에 대한 자료.

지난 시즌과 WBC에서의 모습들.

그리고 고개를 절레절레 저으며 긴 한숨을 불어 내쉰 존 패럴 감독은.

"아무리 봐도 저건…… 후……. 조 지라디 감독이 부럽군."

마침내 펜을 들었다.

스윽-.

결정을 내린 그의 눈동자가 밝게 빛나고.

범람하는 생각을 대변하듯 그의 손이 연신 움직였다.

스윽- 스윽-.

2013년 4월 1일 월요일.

뉴욕 양키스의 홈구장, 양키 스타디움.

[웰컴 투 메이저리그! 오래 기다리셨습니다! 마침내 팬 여러분이 기다리고 기다리셨던 야구의 계절이 돌아왔습니다!]

162경기의 대장정이 시작됐다.

[오늘 경기는 개막전이기도 하지만 더 특별한 여러 가지 이슈가 있는데요. 먼저, 이럴 수가! 뉴욕 양키스와 보스턴 레드삭스가 개막전에서 맞붙습니다! 이게 얼마 만이죠?]

[2005년이 마지막이니까…… 8년 만이네요.]

[맞습니다. 8년 만에 개막전에서 맞붙는 두 팀! 그런데 그것뿐만이 아닙니다. 오늘 경기, 보스턴 레드삭스의 선발 투수는 존 래키 선수입니다. 존 레스터 선수가 아니라, 존 래키!]

[애너하임 에인절스 시절부터 뛰었던 베테랑이죠. 에인절스 소속이었을 때는 원투 펀치로 활약하긴 했습니다만…… 보스턴에 와선 영 좋지 않은 성적을 썼습니다. 더군다나 작년은 토미 존 서저리로 전 경기 결장했죠.]

[그렇습니다. 물론 수술은 잘됐다고 하고, 시범 경기에서도 괜찮은 모습을 보여 주긴 했지마는…… 개막전 선발이 되리라곤 그 누구도 생각하지 않았던 선수거든요. 존 패럴 레드삭스 신임 감독의 이 선택, 어떻게 보십니까.]

[뭐 있겠습니까? 팬들이 갑론을박하는 것과 동일한 생각입니다. 무려 보스턴 레드삭스가 뉴욕 양키스와의 경기에서, 그것도 개막전에서 정면 대결을 피하고 있는 거 아니겠습니까? 김신 선수가 선발이니만큼 이해

가지 않는 선택은 아닙니다만…… 보스턴 팬들은 전혀 그렇게 생각하지 않겠죠.]

심지어 선발 투수뿐만이 아니었다.

데이비드 오티즈, 자코비 엘스버리, 스테븐 드류 등 그나마 팬들이 기대하던 타자들도 빠진 상황.

해설진의 말대로 보스턴 레드삭스 팬들은 극대노했고.

—존 패럴 미친 또라이 새끼야! 어디 할 게 없어서 양키스 새끼들한테 꼬리를 내려?

뉴욕 양키스 팬들은 그들을 조롱했다.

—응. 너네 그럴 만해. 꼴찌가 우승 팀 만나는데 꼬리 정도는 내려 줘야지, 암. 잘 어울리네.

하지만 김신은 오히려 심각한 표정으로 그라운드를, 반대편 더그아웃을 바라보았다.

'존 패럴…… 이 정도였나.'

보스턴 레드삭스 감독의 이런 선택이, 앞으로 어떤 영향을 미칠지 걱정하지 않을 수 없었으니까.

그러나 미래는 미래고 현재는 현재.

오늘의 승리를 위해.

김신은 걸어 나갔다.

"와아아아아아ー!"

"Kim Will Rock You-!"

그를 환영하는 양키 스타디움의 따사로운 봄 햇빛 속으로.

"플레이볼!"

팬들이 존 패럴 감독의 극단적인 선택을 정상 참작하게 만들어 주는.

승리의 상징이 된 빅 네임이 마운드를 박찼다.

뻐엉-!

이 보 전진을 위한 일 보 후퇴.

이성적으로 생각했을 때 쉽게 정할 수 있는 선택지처럼 보이지만.

실제로 고르기는 결코 쉽지 않은 방법이다.

지금의 후퇴가 이 보 전진으로 이어질 수 있다는 확신을 가져야 하며.

후퇴를 하는 순간 몰아칠 폭풍을 감내해야 하니까.

당연히 그 폭풍이 강할수록 더욱 선택하기 어려운 수가 바로 이 보 전진을 위한 일 보 후퇴이다.

기어코 그 길을 걷기로 한 남자.

보스턴 레드삭스의 감독, 존 패럴이 눈을 가늘게 떴다.

'아마 난 벌써 여기저기서 씹히고 뜯기고 있겠지.'

그에게 몰아치는 첫 번째 폭풍.

여론.

원정 경기라서 조금 덜하지만, 지금쯤 보스턴 레드삭스 팬들이 어떤 말들을 주고받고 있을지 그도 잘 알고 있었다.

하지만 존 패럴은 상관없었다.

'팬들의 입은 승리로 닥치게 만들면 돼.'

오클랜드 애슬레틱스의 빌리 빈이 찬양받는 이유는 무엇인가.

일견 이해가 가지 않는 선택들이 결국 승리로 이어졌기 때문이 아닌가.

결국 승리만 할 수 있다면, 한 경기를 내주고 두 경기를 가져와 시리즈를 제압할 수만 있다면…… 팬들의 가벼운 입은 곧바로 닫히리라.

그보다 더 중요한 건.

일희일비하며 가볍게 입을 놀리는 팬들이 아닌, 실제로 그와 함께 그라운드에서 숨을 쉬는 선수들.

그 선수들이 일 보 후퇴를 받아들이는가, 아닌가였다.

그리고 그 측면에서, 존 패럴은 매우 운이 좋았다.

"헤이, 브로. 매끈매끈한 턱도 지겹지 않아? 같이 기르자고."

"하하…… 와이프가 싫어해서 안 됩니다."

"제길! 언제부터 그렇게 잡혀 살았다고!"

선수들의 공통된 지지를 받는 보스턴 레드삭스의 터줏대감, 데이비드 오티즈가 흔쾌히 협조를 표명했고.

　－코치님, 아니, 이제 감독님이죠. 감독님의 판단에 따르겠습니다. 그렇게 하셔도 됩니다.

2007년부터 2010년까지의 투수 코치직이 헛되지 않았는지, 1선발 존 레스터까지도 쉽사리 고개를 끄덕이면서.

'정말 다행이야.'

김신을 이기는 게 아니라 양키스를 이기자는 그의 의견에 보스턴 레드삭스 팀 전체가 대동단결하게 된 것이었다.

……라고 선수들은 알고 있었다.

뻐엉－!

"스트라이크!"

[초구 스트라이크! 2013시즌 첫 구부터 시원하게 스트라이크를 잡는 김신 선수! 여전히 살벌하네요!]

[오히려 작년보다 더해졌죠. WBC에서 보여 준 체인지업과 싱커가 기대되네요.]

1번 타자로 나선 셰인 빅토리노.

우타자인 그를 상대로 오른팔을 휘두르는 김신의 모습을

존 패럴이 의미심장하게 지켜봤다.

'좌완이야 더 이상 얘기할 것도 없지만…… 과연 우완도 그 정도일까?'

팬들은 물론이거니와 선수들조차 모르는 존 패럴의 두 번째 의도.

그것은 바로 김신의 오른팔을 시험하고자 함이었다.

'WBC에서 체인지업을 보여 주기 전까지, 김신의 투구 비율은 75 : 25. 명백히 좌완이 압도적이었어.'

어쨌든 우완 언더핸드보다 좌완 오버핸드가 좌우 가리지 않고 상대하기에 더 적합하기 때문이라고, 전문가들은 분석을 내놓았지만.

'과연 그것만 있을지…….'

존 패럴은 의문을 가졌다.

김신은 본인의 입으로 자신은 왼손잡이라고 했다.

그렇다면 왼손은 몰라도 오른손은 뭔가 부족할 수도 있지 않을까?

언더핸드 체인지업을 장착하면서 거의 완벽에 가까운 좌우 놀이를 행한 WBC에서도, 스위치히터를 상대로는 무조건이라 할 만큼 좌완을 사용한 이유가 더 있지 않을까?

그것도 아니라면, 장착한 지 얼마 안 된 체인지업에 문제가 있는 것은 아닐까?

체인지업을 장착하면서 우완 투구에 변화는 없었을까?

그걸 확인하기 위해 존 패럴은 이번 경기 극단적인 플래툰을 동원했다.

자코비 엘스버리, 데이비드 오티즈, 스티븐 드류 등 중견급 좌타자들을 모조리 빼면서까지.

9번 타자인 재키 브래들리 주니어를 제외한 모든 선수가 우타자 혹은 스위치히터인 변태적인 라인업을 작성했던 것이다.

'안 할 이유가 없었지.'

애초부터 김신의 좌완은 좌타자 킬러로 정평이 나 있는 상황.

좌타자들을 빼는 게 딱히 손해라고 할 수도 없었으니 존 패럴은 더욱 과감히 선택할 수 있었다.

물론.

'다…… 존 래키 선발에 묻혀 버리긴 했지만 말이야.'

아무것도 모르는 머저리 같은 언론은 존 래키의 선발 출전에만 매몰돼 일부러 도망간다며 싸잡아서 그를 비난했지만 말이다.

'굳이 타자들까지 뺄 이유는 없는 건데, 멍청한 자식들.'

그렇게 존 패럴이 의식에 흐름에 따라 오늘만 수십 번째 기자들을 씹던 찰나.

뻐엉-!

"스트라이크아웃!"

[삼진! 2013시즌 첫 타자를 삼진으로 돌려세우는 김신 선수!]

[환상적인 슬라이더입니다.]

벌써 끝나 버린 첫 타석에 존 패럴이 고개를 절레절레 저었다.

'역시…… 아무리 적어도 5회까진 가야 유의미하겠군.'

그의 중얼거림과 함께.

뻐엉-!

"스트라이크!"

1회 초가 순식간에 사라졌다.

삼진, 삼진, 내야 땅볼.

손쉽게 1회 초를 제압하고 더그아웃에 들어온 핀스트라이프.

현재 보스턴 레드삭스의 감독 존 패럴을 가장 고평가하는 남자가 반대편 더그아웃을 응시했다.

'존 패럴, 과연 부임 첫 해에 월드시리즈 우승을 이끌었던 건 이유가 있군.'

보스턴 레드삭스의 감독이 무려 뉴욕 양키스를 상대로, 그것도 메이저리그 개막전에서 5선발을 기용한다는 것도 대단하지만.

심지어 그게 김신이 유일하게 걱정하던 양키스의 약점을 정확히 찔렀다는 것에서, 김신은 존 패럴을 인정했다.

'우리 팀이 2~5선발이 애매하긴 해.'

김신이라는 에이스는 확고하다.

하지만 앤디 페티트, 필 휴즈, 이반 노바, 코리 클루버, 마이클 피네다의 면면만 봐도 알 수 있듯이 누가 확고한 2선발인지 알 수가 없다.

아니, 좀 더 정확히 얘기하자면 2~5선발의 차이가 거의 없다.

즉, 팬들의 야유나 선수들의 불만을 감당할 수만 있다면.

김신을 거르고 2~5선발을 공략하면 충분히 승산이 있다는 소리였다.

존 패럴은 그걸 정확히 실행한 것이며.

더 큰 문제는.

'다른 팀도 이걸 보고 있을 거라는 거지.'

보스턴 레드삭스의 감독이 개막전에서도 했는데.

다른 팀 감독들이라면 어떨까?

훨씬 저지르기 쉬운 일이 아닐까?

물론.

'내 성적에는 청신호지만…….'

감독들이 김신을 거르면 거를수록 그의 업적은 점점 더 커질 테지만.

김신은 결코 그걸 바라지 않았다.

'우승 없는 사이 영은 앙꼬 없는 찐빵일 뿐.'

해결법은 두 가지.

하나는 누군가가 기량을 연마하여 두 번째 펀치가 돼 주는 것.

'한 명밖에 없지.'

본디 2014년에 폭발하여 사이 영을 석권했던.

이번에는 조금 더 일찍 터져 주길 바라는 그 주인공을 머릿속에 그리며.

뻐엉-!

"스트라이크!"

[바깥쪽, 인정됩니다. 데릭 지터가 고개를 젓네요.]

[자기는 빠진 걸로 봤다는 거죠.]

김신의 시선이 그라운드로 향했다.

그곳에 태동하고 있는 또 하나의 해결책으로.

뻐엉-!

극단적인 우타자 도배 플래툰?

그런 건, 애당초 관심조차 없었다.

김신과 존 패럴 감독이 서로를 의식하고 있는 사이.

그라운드에서는 두 베테랑이 격돌하고 있었다.

뻐엉-!

[이번에는 빠집니다. 1-1!]

한 사람은 존 래키.

지난 2010년 보스턴 레드삭스에 합류하여 2년간 바닥을 보여 준 남자였다.

유방암에 걸린 와이프와 이혼하고.

팀 동료들이 구슬땀을 흘리며 경기하는 와중에 더그아웃은 지키지 못할망정 치맥 파티를 즐기던 못난이.

하지만 인성이 드러나는 행적에 더불어 부진한 성적으로 세상 사람들의 손가락질을 받던 와중.

토미 존 서저리로 인한 1년간의 공백은 그를 바꿔 놓았다.

'그저 최선을 다할 뿐.'

존 래키는 구도자와 같은 차분함으로 침착하게 공을 던졌다.

그를 차후 훌륭한 FA의 표본이라 불리게 해 줄 슬라이더가 존을 공략했다.

따악-!

[1루 쪽…… 벗어납니다! 파울! 1-2!]

반면 또 한 사람의 베테랑은 사정이 달랐다.

"후우……."

2스트라이크로 몰린 상황.

잠시 타석에서 물러나 배팅 장갑을 동여맨 데릭 지터가 눈매를 번뜩였다.

'김신만 피하면 된다라…….'

언론은 대서특필하고, 팬들은 야유하지만.

결국 개막전에 5선발을 내민 보스턴 레드삭스 감독의 선택은 2차전을 노리겠다는 말이었고.

그건 즉 1선발을 기용하면 뉴욕 양키스 타선을 틀어막을 자신이 있다는 소리라고 해도 과언이 아니었다.

데릭 지터는 코웃음을 쳤다.

'개소리지.'

1선발이든 2선발이든 3선발이든.

지금의 뉴욕 양키스 타선을 제어할 수 있을 리가.

[존 래키, 와인드업!]

'우리 팀의 근본은…….'

데릭 지터가 광포하게 팔을 휘둘렀다.

'원래부터 방망이라고!'

따악-!

[좌중간! 큽니다! 멀리 뻗는 타구! 좌익수 재키 브래들리 주니어, 대시합니다!]

데릭 지터의 의지를 담은 타구가 좌중간을 갈랐다.

[잡지 못합니다! 데릭 지터의 선두 타자 안타! 1루 돌아 2루로! 2루에서…….]

[늦었어요. 넉넉합니다.]

[세이프입니다! 데릭 지터가 2013시즌 자신의 첫 타석을 2루타로 장식합니다!]

[정말 잘 받아쳤어요. 존을 벗어나는 포심이었는데, 제대로 잡아당겼습니다.]

그리고 그의 의지를 이어받은 남자들이 줄줄이 타석에 들어섰다.

[나우 배팅, 넘버 11, 브렛 가드너!]

양키스의 순혈 테이블 세터.

따악─!

[1, 2루간을 관통하는 타구! 브렛 가드너의 추가타! 주자는 1, 3루가 됩니다! 양키스가 1회부터 기회를 맞이합니다!]

[역시 양키스의 방망이가 무섭습니다. 지난 시즌 압도적인 팀 배팅 1위가 괜히 된 게 아니에요!]

[다음 타자는 추신서! 이제 양키스 2년 차로, FA를 앞두고 있습니다!]

[FA 직전의 타자는 정말 무섭죠.]

부상을 회피하고 완연한 전성기를 맞이한 대한민국 역대 최고의 타자.

따악─!

[쳤습니다! 우익수 뒤로! 우익수 뒤로! 담장…… 넘어갑니다─! 추신서의 스리런! 이게 무슨 일입니까! 양키스의 1, 2, 3번이 시작부터 3점을 만들어 냅니다!]

[더 무서운 점은 아직 노 아웃이라는 거예요. 존 패럴 감독, 식은땀 좀 흘리겠는데요?]

[양키스의 방망이가 너무 뜨겁습니다! 데일 것 같아요!]

심지어는 양키스에게 버림받은 약쟁이까지 질척이는 방망이를 휘둘렀다.

따악—!

[또! 또 쳤습니다! 2루수 키를 넘기는 안타! A-rod가 복귀 안타를 신고합니다!]

[……이거 1회부터 이러면 김신 선수를 내려 보내기가 상당히 어렵겠는데요. 아직 좀 이르긴 합니다만 김신 선수의 연승 기록이 연장되지 않을까 조심스럽게 점쳐 봅니다.]

[그러게 말입니다. 30번째 승리를 넘어 31번째 승리로! 김신 선수의 도전에 청신호가 가득합니다!]

존 패럴의 생각을 정면으로 격파하면서.

김신이 상정했던 두 번째 해결책이 그 모습을 드러냈다.

아무 걱정하지 말라는 듯.

[다음 타자는 게리 산체스! 지난 시즌 무려 김신, 마이크 트라웃 선수와 신인왕 경쟁을 했던 타잡니다!]

[산 넘어 산이죠.]

1회가 계속됐다. 상당히…… 길게.

따악—!

'누구나 그럴싸한 계획은 가지고 있다. 처맞기 전까지는.'
뉴욕 양키스와 보스턴 레드삭스의 개막전.
전설적인 복싱 선수의 명언이 그대로 들어맞았다.

〈매끈한 양키스와 덥수룩한 보스턴. 승자는 젠틀맨이었다!〉

1회에만 타순을 한 바퀴 돌리며 6득점이나 뽑아 낸 양키스
는 그에 멈추지 않고 계속해서 보스턴 레드삭스 투수들을 괴
롭혔고.
시즌 첫 경기부터 보스턴 레드삭스의 불펜을 대거 소모시
키며 11득점을 기록하며.
그야말로 화려하게 타올랐다.
거기까지라면 존 패럴의 계획이 실패했다 논하기 어려웠
으나.

〈양키스의 기분 좋은 출발! 라이벌 보스턴 격파하고 개막 시
리즈 스윕!〉
〈3경기 평균 8득점을 뽑아 낸 막강한 방망이! 지난 시즌보다
더해!〉

2차전, 믿었던 존 레스터마저 5실점으로 무너진 데 이어.

3차전에선 말할 것도 없는 큰 점수 차의 패배.

10점을 넘기는 경기가 두 개나 나올 정도로 화려하게 타오른 양키스의 방망이에 보스턴 레드삭스는 외마디 비명조차 내지르지 못하고 나가떨어졌으니.

–병신 새끼! 애초에 개막전부터 도망가니까 이 모양 이 꼴이지!

–졌지만 잘 싸웠다도 아니고 못 싸우고 개발렸다…….

–마인드 자체가 글러먹었어.

–보스턴이 보스턴 했다.

분노한 보스턴 레드삭스 팬들뿐 아니라 타 팀 팬들까지 존 패럴 감독을 조롱하는 건 당연한 수순이었다.

〈더 강해진 양키스! A-rod 덕 보나?〉

–지명타자로 나와서 그런가 방망이는 더 괜찮아진 거 같은데?

–또 약 처먹은 거 아냐?

└에이, 설마. 아무리 그래도 이젠 안 하겠지.

└그렇게 생각했는데 또 손댄 새끼가 저 새끼임.

물론 기분 나쁜 분석도 있긴 했지만 어쨌든 양키스의 방망이가 세인들의 관심을 불러 모은 건 맞는 말이었다.

하지만 그보다 더한 관심이 쏟아진 건 따로 있었다.

〈시즌은 끝나도 연승은 끝나지 않는다! 김신의 31연승!〉

〈한 경기, 한 경기가 새로운 기록! 전미의 관심을 끌어모은 김신의 행보!〉

무결점 시즌을 달성하고도 무패 행진을 이어 가고 있는 김신.

더군다나 베일을 벗은 2013시즌 양키스의 방망이가 범상치 않았기에, 팬들의 예측은 긍정적이었다.

─어디까지 갈 수 있으려나.

─방망이가 저렇게까지 터져 주니 웬만해선 안 질 거 같은데?

└야구 원데이 투데이 보니? 양키스는 무슨 다 4할 타자야? 맨날 저렇게 치는 건 말이 안 되지 ㅋㅋㅋㅋㅋㅋ

└지금 대부분 4할 타자 맞는데?

└할 말을 잊었다…….

햇빛만이 가득해 보이는 김신과 양키스의 2013시즌에 혀를 내두르는 팬들.

그건 뉴욕 양키스와 보스턴 레드삭스의 개막 시리즈를 주의 깊게 살펴보던 아메리칸리그 감독들도 마찬가지였다.

"양키스가 완전히 흐름을 탔군."

"한동안은 막기 쉽지 않겠어."

"누가 흐름을 끊어 줘야 하는데……."

경기 일정이 먼 팀의 감독들은 누군가 김신에게 첫 패배를 선사하기를, 그것을 통해 양키스의 기세가 한풀 꺾이기를 바랐고.

경기 일정이 임박한 팀의 감독들은.

"레드삭스의 머저리처럼 하자고? 그게 말인가!"

"하지만……."

"내 눈에 흙이 들어와도 그건 안 돼!"

정면 대결을 주장하거나.

"존 패럴이 실패하긴 했지만 생각 자체는 나쁘지 않아. 2차전 기록을 보면 확실히 아깝긴 했단 말이지."

"그렇습니다. 존 레스터는 사실 1선발 중에서도 무게감이 떨어지는 편이고, 레드삭스 친구들 방망이도 가벼운 편이죠. 우리 팀이라면 다를 겁니다."

"좋아. 조금 다듬어서 해 보자고."

존 패럴의 작전을 계승하기도 했다.

바로 다음으로 양키스를 만나게 된 디트로이트 타이거스의 감독, 짐 릴랜드의 선택은 그중 전자였다.

"3차전은 예정대로 벌랜더, 너에게 맡긴다. 믿어도 되겠지?"

"예, 감독님."

현재 김신에게 가장 가까이 있다고 평가받는 투수.

또한 김신과 맞대결을 가장 바라고 있는 남자.

지난 시즌 챔피언십 시리즈 진출 팀 디트로이트 타이거스의 에이스, 저스틴 벌랜더를 믿었으니까.

"양키 놈들의 콧대를 꺾어 주자고."

그러나 짐 릴랜드 감독의 바람은 시작부터 대차게 좌절되고 말았다.

뻐엉-!

〈신바람 양키스! 앤디 페티트마저 노익장 발휘해!〉

〈소문 난 잔치에 먹을 것 없다? 빈타에 허덕인 타이거스! 5-0으로 1차전 버쳐〉

이제 나이가 들어 팀의 에이스뿐 아니라 2선발까지도 양보했지만.

승리만큼은 양보하지 않는 남자, 앤디 페티트가 호투를 펼치고.

뻐엉-!

[코리 클루버-! 자신이 지난 시즌 최강의 5선발로 불렸던 이유를 명확히 보여 주고 있습니다!]

[솔직히 로테이션상 다섯 번째로 올라왔을 뿐이지, 5선발이라고 보기

어려운 선수입니다.]

김신이 생각했던 첫 번째 해결책의 주인공, 코리 클루버가 김신의 믿음을 실현하면서.

〈양키스의 무시무시한 기세! 시즌 시작부터 5연승 달려!〉

일찌감치 시리즈의 승패가 결정되고 말았던 것.

김신이 고개를 주억거렸다.

'예상됐던 결과지.'

2~5선발 사이에 거의 차이가 없다는 뜻은 2, 3선발이 약체라는 소리도 되지만.

뒤집어 말하면 4~5선발이 강하다는 말도 되는 법.

거기에 최강이라 불리는 타선의 득점 지원이 더해졌으니, 양키스의 우세는 당연한 일이었다.

그리고 김신은 또 하나의 당연한 일을 현실로 만들었다.

뻐엉-!

[어메이징! 그 말밖에 할 수가 없네요!]

그의 이름이 상징하는, 승리라는 당연한 일을.

"오 마이……."

하지만 핀스트라이프들은 웃지 못했다.

"안 돼……!"

미겔 카브레라를 필두로 리그에서 두 번째라 점쳐지는 디트로이트 타이거스 타선이 김신 앞에서 또다시 무릎을 꿇고.

WBC를 통해 천적이라는 멍에를 벗어던진 추신서가 저스틴 벌랜더에게 또다시 통한의 패배를 선물했음에도 그러했다.

그들의 눈동자가 오직 한 사람을 비췄다.

[아…… 큰 부상이 아니길 바랍니다.]

9회 말, 마지막 아웃카운트를 잡아내고 그라운드에 쓰러져 버린 남자에게로.

[일어납니다만…… 제대로 걷지 못합니다. 아무래도 왼쪽 발목에 문제가 있는 것 같습니다.]

[화면상으로는 그다지 위험한 장면은 아니었는데요……. 원래부터 고질적인 부상이 있던 곳이라 우려가 되지 않을 수 없네요.]

그의 이름은.

짝짝짝짝짝ㅡ!

[디트로이트 팬들이 응원의 박수를 보냅니다.]

데릭 지터.

양키스의 캡틴이었다.

⚾

캡틴. 혹은 주장.

감독이나 코치, 단장처럼 경기장 밖에 있는 사람이 아니라 선수들과 그라운드에서 함께 뛰고 호흡하며 그들에게 영향력을 발휘하는 존재.

다른 구기 종목과 달리 '턴'이라는 개념이 확고한 야구에서는 주장이라는 자리를 공식적으로 수여하는 경우가 많이 없다.

그런 야구에서, 그것도 가장 인지도 있는 야구팀에서 공식적으로 캡틴이라는 명함을 파 줬다는 건 한 가지 의미였다.

그의 '존재 자체'가 팀에 막대한 영향을 끼친다는 것.

설령 많은 경험만큼이나 지나간 긴 세월 탓에 퍼포먼스가 조금 떨어진다 하더라도.

그라운드에, 혹은 더그아웃에 있기만 해도 팀원들에게 선한 영향력을 행사할 수 있는 선수라는 말이었다.

그런 남자가.

〈데릭 지터, 발목 미세 골절! 장기 부상 현실화!〉
〈캡틴 잃은 양키스! 잔여 경기에 대한 우려 높아〉

단 6경기 만에 팀에서 이탈하게 된 상황.

그게 바로 2013년 4월 7일 저녁의 뉴욕 양키스였다.

심지어 데릭 지터가 뉴욕 양키스에서 가지는 위상은 여타 다른 캡틴들과는 또 달랐다.

내야를 지휘하는 수비의 핵, 유격수.

타선을 선두에서 이끄는 선봉장, 리드오프.

존재뿐 아니라 그의 퍼포먼스 또한 공수 양면에서 대체할 선수가 없었다.

그런 상황이었으니.

"……."

승리했음에도, 다음 원정길을 떠나는 양키스 선수들의 얼굴은 수심이 가득할 수밖에 없었다.

김신 또한 마찬가지였다.

그의 입에서 승리 투수, 그것도 강력한 도전자를 꺾고 32연승째의 위대한 승리를 기록한 투수라고는 믿을 수 없는 한숨이 작게 흘러나왔다.

"후……."

물론 김신은 알고 있었다.

데릭 지터가 본디 2012년 포스트시즌에서 발목 골절이라는 부상을 입고.

그게 완치되지 않아 2013년 초반을 날려 먹었다는 역사를.

김신의 존재로 인해 역사가 뒤바뀌면서 발목 골절은 사라졌지만.

십수 년간의 선수 생활 동안 왼쪽 발목에 누적돼 있던 대미지까지 사라질 리는 만무한 일이기에.

이번 데릭 지터의 부상은 피할 수 없는, 운명적인 결과라는 사실을.

그러나.

'예정된 일이긴 했지만…… 너무 빨라. 발목 골절을 당하지 않았는데도 이 정도라니…….'

그가 상정했던 건 적어도 5월 초 이후.

초반이 지나갈 때쯤이었지, 이렇게 6경기 만에 이탈하는 건 김신의 복안에도 없는 일이었다.

김신의 머릿속에 곧 펼쳐질 미래가 그려졌다.

'팀 케미는 그렇다 쳐도…… 당장 내일부터 수비는 헐거워지고, 타선은 가벼워질 거야.'

백업으로 올라올 에두아르도 누네즈는 데릭 지터의 발끝도 따라가기 힘든 선수인 데다.

그렇다고 아직 담금이 덜된 프란시스코 린도어를 마이너에서 올리는 것도 불가능.

양키스의 전력이 약화되는 건 자연스러운 수순이었다.

문제는 그게 끝이 아니라는 것.

'원인은 아마 WBC. 거의 99%다.'

결과를 통해 원인을 판별해 낸 두뇌가 다시 파생될 미래를 예측하고.

김신의 시선이 버스 앞쪽으로 향했다.

같은 원인을 공유하며, 똑같이 세월이 선사한 고질적인 부상을 오른쪽 손목에 가진 선수에게로.

'마크 테세이라.'

수비형 1루수라는 조롱을 듣기도 하지만.

안정적으로 1루를 지키며 매년 100타점을 뽑아 낼 수 있는 양키스의 또 다른 국가 대표.

어쩌면 그의 이탈도 생각보다 훨씬 빨라질지도 몰랐다.

설상가상으로 마크 테세이라의 1루 자리도 데릭 지터의 유격수 자리와 같이 현재의 양키스 로스터상 대체할 만한 선수가 마땅치 않은 상태였다.

아니, 데릭 지터가 없는 만큼 더더욱 외부에서 데려온다고 해도 대체하기 어려운 위치였다.

김신이 눈을 감았다.

'자칫 잘못하면⋯⋯.'

데릭 지터와 마크 테세이라를 제외하면 양키스의 내야진은 매니 마차도와 조시 도널드슨. 고작 2년 차다.

또한 홈플레이트에서 중심을 잡아 줘야 할 포수, 게리 산체스도 아직 2년 차다.

아무리 레전드급 실링을 가졌더라도, 절대적인 경험이 부족할 수밖에 없는 선수들.

그들을 이끌어 주던 베테랑들이 한 번에 사라진다면.

'내야가 급격하게 흔들릴 수도 있어.'

단단한 댐도 결국 작은 구멍 하나에 무너지듯.

견고해 보이는 악의 제국에 걷잡을 수 없는 균열이 생길 수도 있었다.

서서히 버스가 정차함을 느끼며, 김신이 뇌까렸다.

'마크 테세이라의 팔목이 최대한 오래 버텨 주고, 캡틴이 가능한 한 빨리 돌아오는 게 최선인가.'

이번에는 그조차도 할 수 있는 일이 없었으니까.

'적어도 5월까진……'

또한 바랐다, 최악만은 도래하지 않기를.

그러나 다음 날.

클리블랜드 인디언스와의 시리즈를 몇 시간 남겨 두지 않은 오후.

뉴욕 양키스의 훈련이 중단됐다.

"감독님."

하늘에서 김신을 지켜보던 누군가가 짓궂게 웃고 있었다.

　－한국 팬이면 제발 ×× 좀 응원하자!

자국 선수가 외국 리그, 그것도 세계 최고로 치는 리그에서 승승장구할 때.

한국인들은 비단 그 선수뿐 아니라, 그 선수의 소속 팀까지도 자신의 팀인 양 여기는 경향이 있다.

1990년대 후반에서 2000년대 초, 박천후가 뛰던 LA 다저스가 그러했고.

2000년대 후반에서 2010년대 초, 박주성이 뛰던 맨체스터 유나이티드가 그러했다.

그리고 2013년. 두 팀이 그 지위를 이어받았다.

하나는 김신이라는 시대의 아이콘이 뛰고 있는 악의 제국, 뉴욕 양키스.

다른 하나는 코리안 특급이 몸담았던, 이제는 KBO를 제패하고 포스팅 시스템으로 마침내 메이저리그에 상륙한 류한준의 팀. LA 다저스.

〈또 이겼다! 시즌을 넘어선 김신의 연승 행진!〉
〈여기도 이겼다! 메이저리거 류한준, 기분 좋은 데뷔전 승리!〉

김신의 연승 행진에, 류한준의 메이저리그 데뷔전 승리 수확까지.

한국 팬들은 그야말로 어딜 봐도 웃음이 나오는, 행복한 봄날을 즐기고 있었다.

그런데.

〈뉴욕 양키스의 위기? 캡틴 데릭 지터, 부상으로 전반기 복귀 불투명!〉
〈내야의 핵, 유격수란 무엇인가〉

작년부터 한국 팬들을 웃게 했던 뉴욕 양키스에서 날아온 비보(悲報)가 한반도를 강타했다.

　─아…… 지터가 여기서…… ㅈ됐네.

　└호들갑 ㄴㄴ. 지터는 뼈아픈데 그렇다고 양키스가 하루아침에 하위권 전력이 되는 건 절대 아님.

　└맞말. 김신도 있고 산체스도 있고…… 거 뭐야, 도날드? 걔도 있고 많잖아.

　└근데 내가 잘 몰라서 그러는데, 양키스 정도 되는 팀이면 백업이 짱짱하게 있겠지?

　└아님. 뉴욕 양키스가 아니라 뉴욕 양키스 할애비여도 데릭 지터를 백업할 선수는 있을 수가 없음.

팀의 최선임이자 수비의 핵인 데릭 지터의 이탈.

워낙 강력한 전력을 자랑하던 양키스였기에 큰 흔들림은 아닐 거라 생각하면서도.

팬들의 시선은 LA를 떠나, 뉴욕 양키스와 클리블랜드 인디언스의 1차전이 열리는 프로그레시브 필드로 향했다.

거기서 또 하나, 팬들의 고개를 갸웃하게 만드는 일이 발생했다.

　─뭐야. 오늘 라인업이 이상한데? 마크 테세이라도 빠졌네?

데릭 지터가 빠진 만큼…… 아니, 애초에 백업 1루수가 마땅치 않았기에 결장할 거라곤 생각도 하지 못한 마크 테세이라의 부재.

방망이가 영 별로라며 비하하긴 했지만, 한국 팬들 또한 그 중요성을 익히 알고 있는 베테랑의 빈자리가 눈에 띈 것이었다.

팬들의 귀가 해설진의 목소리에 집중됐다.

[안녕하십니까, 대한민국의 야구팬 여러분! 오늘은 김신 선수의 뉴욕 양키스와 추신서 선수의 친정 팀, 클리블랜드 인디언스의 경기를 중계해 드리겠습니다. 이번 경기 직전, 양키스에 아주 큰 출혈이 있었죠?]

[네, 그렇습니다. 팀의 중심이자 수비를 지휘하는 사령관, 데릭 지터 선수가 왼쪽 발목의 미세 골절로 인해 부상자 명단에 올랐습니다. 아무래도 나이도 나이고, 고질적인 부상에 시달리던 부위라 빠른 복귀는 어려울 것으로 전망되고 있습니다.]

[정말 큰일이 아닐 수 없습니다. 데릭 지터 선수의 빠른 쾌유를 기원합니다. 자, 그런데…… 데릭 지터 선수뿐 아니라 오늘 결장한 선수가 한 명 더 있습니다. 팬들이 '티 렉스'라고 부르는 양키스의 1루수, 바로 마크 테세이라 선수인데요. 이건 또 어떻게 된 일일까요? 그냥 일상적인 로테이션일까요?]

[음…… 아직까지 DL에 별다른 변화가 없는 걸로 봐선 그런 듯싶습니다만, 확신하기는 어렵습니다.]

그러나 해설진의 입에서도 시원한 확인은 나오지 않았고.

–뭐, 별일 없겠지. 경기나 보자.

팬들의 관심은 이내 다른 곳으로 향했다.

따악–!

[벼락같은 스윙! 이 타구가 3유간을 관통합니다! 브렛 가드너 선수의 선두 타자 안타! 초구부터 과감하게 방망이를 돌렸어요!]

[정말 기술적인 스윙이 나왔습니다. 여기 클리블랜드 인디언스 수비진을 보세요. 3루수와 유격수 사이 간격이 넓죠? 좌타자고, 잡아당기는 데 익숙한 브렛 가드너 선수에게 수비 시프트를 펼친 겁니다. 그런데 브렛 가드너 선수가 그걸 보고 밀어 쳐서 안타를 만들어 냈어요! 훌륭합니다!]

계속해서 마크 테세이라에게 신경 쓰기엔, 쉴 새 없이 불을 뿜는 뉴욕 양키스의 방망이가 너무나 화려했으니까.

따악–!

[추신서–! 우리 추신서 선수가 일을 냅니다!]

[역시 추신서예요. 끝까지 기다리다가 딱 한 번의 스윙으로 결과를 만들어 냅니다.]

데릭 지터에게 헌정한다는 듯이.

그가 없이도 양키스는 강하다는 걸 증명하겠다는 듯이 핀스트라이프들의 발이 연신 그라운드를 누볐다.

–역시 기레기가 기레기 했다. 위기는 무슨 위기 ㅋㅋㅋㅋㅋㅋㅋ 걍 개바르네.

―원래 클블이 추신서 빼면 시체긴 했는데…… 이건 심하네. 게임 자체가 안 된다.

비록 김신은 출전하지 않았지만.
팬들은 뉴욕 양키스와 추신서의 선전에 박수를 치며 기뻐했다.
그러나 잠시 후.

―야야, 진짜 ㅈ됐음! 오피셜 떴어!
└????

승리를 확정 지어 가는 양키스를 기쁘게만 바라볼 수 없게 만드는 사실 하나가 전해졌다.

―외국 중계 보다가 얘기 나와서 확인해 봤는데, 마크 테세이라 DL이래! 진짜 양키스 내야 씹창 났다 ㄷㄷ;;;;
└레알……?

팬들이 부랴부랴 사실을 확인하러 핸드폰 화면을 돌린 사이.
뻐엉―!
[삼진! 델린 베탄시스 선수가 8회를 확실하게 걸어 잠급니다!]

[델린 베탄시스. 지난 시즌 확장 로스터로 올라온 선수인데, 이번 시즌 예사롭지가 않습니다. 필승조와 추격조를 오가며 마당쇠 역할을 톡톡히 해 주고 있어요! 뉴욕 양키스의 강함은 이런 데서 나오는 겁니다! 베테랑은 잘하고, 유망주들은 더 잘하고!]

아직 사실을 모르는 해설 위원들의 목소리만 신나게 울려 퍼졌다.

〈부상 병동 양키스! 베테랑 줄줄이 부상!〉

〈양키스 내야, 구멍 숭숭 뚫리다?〉

클리블랜드 인디언스와의 1차전에서마저 승리를 거두고 시즌의 시작부터 무패 7연승.

기쁨만이 가득해야 할 양키스 팬 커뮤니티가 걱정으로 가득 찼다.

─마이너에서 올릴 자원이 있나……? 지금 어디서 사 오기도 애매하잖아. 이제 시즌 시작했는데.

┗있긴 한데…… 너무 별로라 이름도 기억 안 나.

승리 소식보다 먼저 전해진 마크 테세이라의 부상 소식 때문이었다.

그리고 그건 휴식을 취하러 들어간 양키스 선수들도 다르지 않았다.

"캡틴도 없는데 미스터 테세이라도 없다고……?"

내야수들은 내야수들대로, 외야수들은 외야수들대로, 투수들은 투수들대로.

경기 중엔 알지 못했던 마크 테세이라의 이탈이 전해지면서 불안감이 서서히 피어오르기 시작했다.

그러나 그들보다 훨씬.

그 누구보다 머리를 쥐어뜯는 사람들이 있었다.

"일단…… 이번 원정은 어쩔 수 없습니다. 오늘처럼 제이슨 닉스를 1루에 세워서 넘기시죠."

-그건 당연히 그렇게 해야겠죠. 다만 제가 걱정하는 건…… 이번 원정이 끝난다고 뾰족한 수가 있겠습니까? 지금 겨우 4월 초인데요.

선수단의 구성을 담당하는 단장, 브라이언 캐시먼.

단장이 구성해 준 선수들을 기용해 결과를 만들어 내야 하는 감독, 조 지라디.

작은 전화기를 사이에 두고 두 사람의 목소리가 무겁게 송수신됐다.

"어떻게든 해 보겠습니다. 트레이드든, 돈을 지르든."

-……어려운 건 알지만 모쪼록 잘 부탁드립니다. 방망이까

진 어렵더라도 글러브만큼은 괜찮은 친구여야 합니다.

"잘 알고 있습니다. 내일 경기도 준비하셔야 할 텐데 쉬십
시오."

–예, 평안한 밤 되십시오.

삑.

스마트폰을 내려놓은 캐시먼의 입에서 잇소리가 새어 나
왔다.

"빌어먹을⋯⋯."

물론 부상이란 시즌을 치름에 있어 피할 수 없는 병가지상
사다.

하지만 이렇게 갑작스럽게. 그것도 내야에서 베테랑이 한
번에 아웃된다는 건 명백히 상정 외였다.

심지어 누구나 우승 후보로 꼽는 팀인 뉴욕 양키스였기에
더 문제였고.

띠리링–!

"아, 미스터 사빈. 잠깐 통화⋯⋯ 예, 그렇습니다만⋯⋯.
음, 네. 알겠습니다. 이해합니다. 그럼 이만."

지난 시즌 약쟁이들을 팔아넘기고, 유망주들을 데려와 포
텐을 폭발시킨 사기 전적이 있는 캐시먼이었기에.

더군다나 지금은 그 일들이 이루어졌던 시즌 초반, 아무리
탱킹하는 팀이어도 확실한 이득이 없다면 선수를 팔지 않는
시기였기에.

또한 양키스가 뭘 필요로 하는지 모든 팀이 너무나 잘 알고 있었기에 더더욱 문제였다.

"젠장!"

욕설을 뱉으며 전화기를 번쩍 들었던 캐시먼이 한숨과 함께 책상에 가엾은 희생양을 내려놓았다.

"후…… 나라도 안 하지."

괜한 화풀이를 뒤로하고, 캐시먼이 자신에게 남은 마지막 수를 중얼거렸다.

"얼마 전에 방출된 선수가 누가 있었지?"

여러 가지 이유로 방출되어 연고 없이 떠도는 선수들.

지금 캐시먼이 돈만으로 데려올 수 있으면서도, 최소한의 땜빵은 해 줄 수 있는 선수는 그들뿐이었다.

캐시먼이 다시 스마트폰을 들었다.

"빌리, 지금 당장 3개월 내 방출 선수 명단 작성해서 가지고 와. 당장!"

예상과 한 치의 다름없이 떨어지는 업무에 빌리 리가 사무실에서 한숨을 삼키었다.

"후우…… 부하 직원인 게 죄지……."

그것으로 소회를 끝낸, 미래 양키스라는 거대 구단을 책임질 남자가.

스윽─.

미리 준비해 둔 서류를 들고 일어났다.

핀스트라이프들 모두에게 나름의 충격이 전달된 다음 날.

아직은 쌀쌀한 저녁, 뉴욕 양키스와 클리블랜드 인디언스의 2차전이 열렸다.

따악-!

[유격수 정면! 에두아르도 누네즈, 안정적입니다! 1루에서…… 아웃!]

예상과는 달리, 다행히도 우려됐던 내야는 그럭저럭 나쁘지 않은 수비력을 보였으나.

따악-!

[닉 스위셔-! 담장을 아슬아슬하게 넘어가는 스리런! 친정팀에 기어코 비수를 꽂습니다!]

[야구가 이래서 재밌어요. 닉 스위셔 선수, 이 악물고 휘두르는 게 눈에 보였습니다.]

이적생이 친정팀에 비수를 꽂는다는 징크스 아닌 징크스를 이어간 닉 스위셔의 맹타와.

뻐엉-!

[스트라이크아웃! A-rod를 돌려세우면서 2사 1, 3루의 위기를 자력으로 탈출하는 스캇 카즈미어!]

대부분의 선수가 사 할에 육박할 만큼 무시무시했던 양키스의 방망이를 효과적으로 제어한 스캇 카즈미어의 신들린 호투 아래.

〈베테랑들의 이탈 후 멈춰 버린 양키스의 연승 행진! 7에서
끝이 나다!〉

양키스의 기록지에 2013시즌 첫 패배가 새겨졌다.

"괜찮아! 괜찮아! 그럴 수도 있지!"

물론 경기장에 울려 퍼진 어떤 골수팬의 응원처럼.

야구에 전승하는 팀은 없고.

아무리 뛰어난 타자라도 5할은 넘을 수 없는 법이었다.

즉, 양키스의 패배는.

이반 노바의 무너짐과 타선의 침묵은 충분히 있을 수 있는
일이었다.

하지만.

─내가 이럴 줄 알았지. 중요한 순간마다 귀신같이 맥을 끊네.

└인정. 이번 시즌엔 이런 거 안 보나 했더니…… 역시 그렇게
될 리가 없지.

타선에 갑작스럽게 생긴 두 구멍, 에두아르도 누네즈와 제
이슨 닉스의 빈타가 영향이 없었다고는 절대 이야기할 수 없
었다.

그리고 애리조나 다이아몬드백스와의 다음 경기.

따악─!

[아, 에두아르도 누네즈 공 잡지 못합니다! 주자 1루에서 여유롭게 세이프!]

돌아온 집에서도 뉴욕 양키스는 기쁘게 웃지 못했다.

〈'에러는 아니지만…….' 아쉬운 수비가 연패를 만들다〉

　-캡틴이었다면……

　-텍스가 있었다면…….

누군가의 부재에서 파생된 팬들의 시선이 다른 누군가에게로 향했다.

연패를 끊어 줄, 그들의 에이스에게로.

〈김신의 특명! 연패를 끊어라!〉

팬들의 애타는 부름에.

메이저리그 최고의 청부사가 공을 움켜쥐었다.

콰악-!

승리를 상징하는 존재, 에이스의 역할은 두 가지다.

하나는 팀의 연승을 견인하는 것.

이번 생 김신이 대부분 행했던 역할이다.

그리고 나머지 하나는.

연패에 빠진 팀을 반등시키는 것.

지난 생에서 김신이 주로 행했던 역할이자.

오늘 김신에게 주어진 특명.

연패 스토퍼.

뉴욕 양키스와 애리조나 다이아몬드백스의 2차전 날 아침.

팬들의 청부를 받은 투수가 침대에서 몸을 일으켰다.

하지만 일어나 정신을 차리자마자.

'안 좋은데……'

언제나 자신감에 차 있던 김신의 미간이 내 천(川) 자를 그렸다.

기이한 찝찝함이 그의 가슴을 채우고 있었다.

근거도 없고, 설명할 수도 없지만 몇 번이고 자신이 틀리지 않다는 걸 증명했던 직감.

한 분야에서 자신만의 경지를 개척한 고수의 불가사의한 직감이 김신을 움직였다.

"끄응……"

그리고 그 직감은 곧 확신이 되었다.

머리끝부터 발끝까지 세심한 스트레칭을 실시하던 김신이

육체의 반응을 되짚었다.

'공을 던져 봐야 알겠지만…… 확실히 뭔가 문제가 있군.'

평소와 달랐다.

강인한 생명력을 과시하며 펄떡펄떡 뛰던 육체의 진동이 미세하게 불협화음을 이루고 있었다.

'지난해에도 이맘때쯤 한번 그랬던 거 같긴 하다만…….'

산체스 구제 계획의 첫발을 떼면서 게리 산체스와 밤늦도록 포구 훈련을 했다가 좌완 투구에 애로사항을 겪었던 기억이 김신의 머리를 스쳤다.

'이번엔 그런 건 없었는데…….'

지난 대국을 복기하며 발전을 도모하는 바둑 기사처럼.

자리를 깔고 앉은 김신이 어제의 기억을 천천히 되감았다.

그러나.

'진짜 뭐 없는데?'

루틴에 벗어난 행동이나 무리가 갈 만한 일은 전혀 없었다.

등판 전날이기에 캐서린과도 만나지 않았고.

예전처럼 게리 산체스와 밤늦도록 훈련을 하지도 않았다.

김신의 표정이 굳어졌다.

'징크스…… 같은 게 되면 안 되는데.'

메이저리그에 현존하는 말도 안 되는 수많은 징크스들.

징크스는 패배의 기억이기도 하지만 오늘처럼 헛웃음밖에 나오지 않는 우연으로 생길 수도 있다는 걸 김신은 너무나 잘 알고 있었다.

심지어 지금 이 컨디션 난조는 경기를 치르지도 않은 상황에서 발생하는 문제.

오늘 경기를 잘하고 못하고와 상관이 없었으며.

'젠장.'

이미 의식하기 시작한 순간부터 징크스로 태동할 가능성이 충분한 놈이었다.

김신이 고뇌에 빠졌다.

방법은 있었다, 다만 리스크가 컸을 뿐.

"……."

잠시 후.

김신이 결정을 내렸다.

이제는 익숙해진 코스로 양키 스타디움에 출근 도장을 찍던 게리 산체스의 고개가 휙 돌아갔다.

'뭐지?'

아직 경기가 시작하려면 한참이나 남았고.

오늘 훈련은 비공개로 치러질 예정이었는데.

"와아아아아-!"

"너무 잘생겼어요!"

"사인 좀 해 주세요!"

멀지 않은 곳에 벌써부터 인파가 몰려 있었다.

슈퍼스타라도 방문한 듯, 흥분에 겨운 기색이 차 안까지 전달됐다.

가끔 이런 일을 겪어 봤던 게리 산체스가 고개를 주억거렸다.

'누가 걸어서 출근하나 보네.'

경기 직전에 루틴이 있는 몇몇 선수는 정해진 방식으로 출근하지만, 그런 루틴이 딱히 없는 몇몇 선수는 이렇게 팬들과 인사하며 출근하기도 했다.

물론 평소보다 머릿수가 좀 많긴 했으나, 게리 산체스는 대수롭지 않게 생각했다.

오늘따라 여유가 있는 팬들이 많든가, 아니면 두 사람이 각자 출근하다 만나거나 했겠지, 하는 판단에서였다.

그래도 궁금한 건 궁금한 법.

게리 산체스가 액셀에서 발을 떼고 의자에 몸을 기댔다.

'누굴까? 얼굴이나 보고 들어가자.'

그러나 게리 산체스가 몇 안 되는 걸어서 출근할 만한 동료들의 면면을 떠올리던 찰나.

귀를 의심하게 하는 큰 노랫소리가 차 안까지 파고들었다.

"Kim Will Rock You—!"

한 사람이 시작하자 두 사람, 세 사람으로.

이내 양키 스타디움 앞에 모인 팬들 모두가 목청 놓아 응원가를 불렀다.

"Kim Will Rock You—!"

상상도 못한 전개에 게리 산체스의 눈이 동그래졌다.

'신이라고?'

팬들이 저 응원가를 부른다는 건, 지금 걸어서 출근하고 있는 선수가 응원가의 주인, 김신이라는 뜻이었다.

한데 김신은 게리 산체스가 떠올리던 면면 중에 없었다.

아니, 있을 수가 없었다.

'루틴을 칼같이 지키는 녀석인데……?'

답답할 정도로 루틴을 지키는 인물이 바로 김신이었으니까.

심지어 오늘 같은 등판일은 더했다.

치즈버거, 줄무늬 양말, 자차 출근, 꼭 필요한 말 이외엔 금지, 언더웨어는 반드시 9개.

잠깐만 생각해도 나열할 수 있는 루틴이 수두룩했다.

"오늘 꼭 이겨 주세요!"

하나 지금 들려오는 정보들은 모두 게리 산체스의 상식을 뒤흔들고 있었다.

'그럴 리가…….'

이윽고.

순간적으로 현실을 외면하던 게리 산체스의 눈동자에 경악이 들어찼다.

"왓 더……?"

인파를 뚫고 나오며 연신 웃음 가득한 표정으로 팬들에게 인사하는 남자는 김신이 맞았고.

그의 양말은 줄무늬가 아니었다.

🌀

게리 산체스의 혼란은 계속됐다.

"베탄시스 씨, 오늘 잘 부탁드립니다."

"내가 뭐 할 게 있겠어? 나야말로 잘 부탁해."

"에이, 무슨 소리를. 아마 오늘 할 일 있으실 거예요."

"……?"

등판일의 김신이 스스럼없이 팀원들과 대화를 나눴다.

"오늘 피자가 맛있더라고."

"피자?"

"어. 오랜만에 먹어 봤는데, 페퍼로니가 이렇게 맛있는 줄 새삼 다시 깨달았다."

"치즈버거 아니고 피자?"

"어, 피자."

등판일의 김신이 치즈버거를 먹지 않았다.

"오늘은 너 혼자 봐. 난 생각할 게 좀 있어서."

"진심이야?"

"어. 진짜로. 어차피 대부분 확인은 해 놨어."

등판일의 김신이 전력분석실에 발을 들이지 않았다.

뻐엉-!

"여기까지 하자. 이 정도면 충분할 거 같아."

"벌써……?"

"어. 오늘은 느낌이 좀 빨리 오네."

"……."

등판일의 김신이 단 17구만으로 불펜 피칭을 마무리했다.

루틴을 어기다 못해 파괴하는 김신의 행보에 게리 산체스의 표정이 굳어졌다.

하지만 게리 산체스가 계속해서 확인해도 김신은 대답을 해 주지 않고 있었다.

'도대체 무슨 일인 건데.'

답답함과 걱정, 불안함을 숨기지 못하고 있던 게리 산체스에게 김신의 전언이 떨어졌다.

"오늘은 네 사인대로 던질게. 어떤 사인을 주든지 지킬 테니까, 마음대로 놀아 봐."

평소 협의하긴 해도 80% 이상 자신의 판단대로 공을 던지는 김신의 입에서 나왔다고는 믿을 수 없는 이야기.

게리 산체스도 더 이상은 참을 수 없었다.

"신."

"응?"

"오늘 몇 번이나 물었지만, 이번에는 반드시 대답을 들어야겠어. 도대체 무슨 일인데? 어디 아파? 오늘 작정하고 평소랑 반대로 하고 있잖아. 무슨 문제가 있는 거면 등판을 취소하자. 그게 낫겠어."

"그냥 오늘 이렇게 하고 싶었어. 진짜 아무 일 없다니까?"

"대답 안 하면 감독님께 보고할 거야. 그러니까 빨리 대답해. 뭐야. 캐시가 헤어지재?"

산체스의 최후통첩에 피식 웃은 김신이 이내 진지한 표정으로 게리 산체스와 눈을 맞춰 왔다.

"게리."

"어, 말해."

"오늘은 그냥 내 말대로 해 줘. 정말 별일 아니고, 오늘 등판 끝나면 다 말해 줄게. 나 믿지?"

"……."

게리 산체스는 고개를 끄덕일 수밖에 없었다.

"그래, 마누라가 안 믿으면 누가 널 믿어 주냐."

게리 산체스의 불안함을 뒤로하고.

경기가 도래했다.

[웰컴 투 메이저리그! 여기는 뉴욕 양키스와 애리조나 다이아몬드백

스의 2차전 경기가 열리는 양키 스타디움입니다! 7승 2패의 뉴욕 양키스, 7승 3패의 애리조나 다이아몬드백스. 각각 지구 1위를 달리고 있는 두 팀의 시즌 첫 맞대결. 첫 경기는 D-백스가 먼저 웃었죠?]

[그렇습니다. 엎치락뒤치락하는 명경기 끝에 5-4로 승리를 거뒀죠. 폴 골드슈미트 선수가 멋진 끝내기 2루타를 날렸습니다.]

[시즌 초반 폭풍 같은 연승을 달리던 양키스로서는 홈에서 체면을 구긴 격인데요. 그래서인지 오늘 경기, 양키스에서 칼을 빼 들었습니다. 양키스가 가진 최강의 카드가 오늘, 마운드에 오릅니다!]

해설진의 멘트가 끝나자마자 장내 아나운서의 목소리가 경기장에 떨어지고.

[피처, 넘버 92! 김- 신-!]

"Kim Will Rock You-!"

양키 스타디움이 진동했다.

[원래 로테이션상으론 코리 클루버 선수의 차례였는데, 클리블랜드 인디언스와의 3차전이 취소되고 생긴 휴식일과 이동일이 이어지면서 조 지라디 감독이 김신 선수를 일찍 올렸습니다.]

[캡틴 데릭 지터와 내야 베테랑 마크 테세이라가 빠지면서 침체된 팀 분위기를 김신 선수가 살려 주기를 바란 거겠죠.]

불펜에서 천천히 걸어 나온 양키스의 에이스가.

자신의 자리에 우뚝 섰다.

[33연승이라는 대기록에 도전하는 위대한 투수가 보입니다!]

"와아아아아-!"

팬들의 열띤 응원 아래 천천히 숨을 고른 김신이 정면을 바라봤다.

'아주…….'

신고 있는 양말이, 평소와 다른 브랜드의 언더웨어가 불편했다.

전력 분석실에서 행하지 않은 마지막 점검과 하다 만 불펜 피칭이 불안했다.

먹지 못한 치즈버거가, 출근길과 훈련 시간에 나눈 사람들과의 대화가 생각났다.

그야말로 혼란. 총체적 난국.

그러나.

'제대로 됐군.'

김신은 웃었다.

이 모든 게 자신이 의도한 대로였으니까.

루틴 비틀기.

모든 루틴을 반대로 행하여 오히려 떨어진 컨디션을 잊어버리게 만드는 특단의 조치.

그 마지막 스텝으로 김신이 자신을 속였다.

'이미 망한 경기야. 그러니까 막 던져도 돼.'

포수 마스크를 써서 제대로 보이진 않지만, 딱딱하게 굳어 있을 게리 산체스가 건넨 사인을 따라.

김신이 되뇌었다.

'저것만 보고 던지면 되는 거야.'

혼란 속에 찾아온 단 하나의 등불을 향해.

그의 팔이 휘둘렸다.

뻐엉-!

"……?"

평소와 다름없이…… 아니, 어쩌면 평소보다 더 묵직하게 미트를 파고들어 오는 김신의 포심 패스트볼에 게리 산체스가 눈썹을 꿈틀댔다.

'어떻게 된 거지? 아까 불펜에서 던질 때보다 더 나은 것 같은데.'

그리고 김신의 연습 투구가 이어질수록, 게리 산체스의 불안감은 서서히 사라져 갔다.

뻐엉-!

'……빅게임 때 말고도 다른 모드가 하나 더 있었던 건가? 아닌데……. 그럴 리가 없는데. 그럼 말 안 해 줄 이유가 없는데…….'

그 자리를 궁금증이 채우길 잠시.

게리 산체스가 고개를 저었다.

'아무렴 어때. 공만 좋으면 되지!'

[나우 배팅, 넘버 11, AJ 폴락!]

장내 아나운서의 소개에 따라 1번 타자가 타석에 자리하고.

"플레이볼!"

심판의 신호에 따라 경기가 시작됐다.

게리 산체스가 사인을 내렸다.

'초구는 역시…….'

끄덕임조차 없이 김신의 몸이 약동하고.

그의 손에서 흰색 공이 쏜살같이 뿜어져 나왔다.

뻐엉-!

"스트라이크!"

알고도 막지 못하는.

바깥쪽, 낮은 코스, 포심 패스트볼.

야구 선수 김신을 가장 잘 아는 남자가 지휘를 시작했다.

뻐엉-!

"스트라이크-!"

굳이 왜 벌써?

포수 리드.

볼 배합, 주자 견제, 포구 능력, 심리적인 안정감 등 투수의 피칭에 이바지하는 포수의 모든 역량을 일컫는 말.

수치로 측정할 수 없고, 존재를 증명할 수 없기 때문에 끊임없는 논란이 이는 개념이지만.

포수 리드는 명백히 실존하는 능력이다.

라고 게리 산체스는 생각했다.

'없을 수가 없지.'

투수란 한없이 가벼운, 깃털과 같은 멘탈을 지닌 존재들.

적나라하게 얘기하면 어떤 포수가 홈플레이트에 앉아 있는지 하나만으로도 피칭이 달라지는 개복치들이다.

그런 투수 놈들을 이끄는 게 어떻게 사람마다 다르지 않을 수 있겠나.

투수는 모르는, 포수만이 볼 수 있는 타자의 습관이나 주자들의 행태도 있을진대, 어찌 포수 리드가 없을 수 있겠나.

단, 한 투수를 제외하고.

'저 새낀 진짜 별종이야.'

마운드에 올라가면 절대로 꺾을 수 없는 고집불통.

하지만 그 고집으로 언제나 승리를 가져오며, 대부분의 상황에서 평정을 잃지도 않고, 잃었다 해도 스스로 깨어나는 불가사의한 멘탈을 가진 존재.

100마일의 강속구를 핀 포인트로 찔러 넣는 말도 안 되는 능력을 가졌음에도, 타자의 습관을 포수만큼이나 연구하고.

주자가 나가 있어도 뻔뻔하게 와인드업을 하며, 도루를 허용해도 타자를 잡아내면 된다고 말하는 미친놈.

그게 바로 김신이었고.

가장 김신과 오랜 시간을 함께한 야구 선수, 게리 산체스는 김신을 이해하길 포기한 지 오래였다.

불가해의 존재를 어찌 이해할 수 있겠는가.

그저 받아들일 뿐이지.

그러므로 게리 산체스는 김신을 리드한다는 생각조차 버리고 있었다.

정확히, 어제까지.

뻐엉ㅡ!

"스트라이크아웃!"

[삼진! 1번 타자 AJ 폴락을 삼진으로 돌려세우는 김신 선수입니다.]

[요즘 보면 김신 선수만큼은 초구 스트라이크 비율이 아니라 첫 타자 삼진 비율을 계산해야 할 것 같아요.]

[하하, 새로운 지표가 필요하다는 말씀이군요.]

[예. 뭐, 이미 계산하고 있는 사람들도 많겠지만요.]

하지만 오늘.

김신과 호흡을 맞춘 뒤 최초로 그를 리드하게 되고.

온전히 자신의 사인만으로 삼진을 잡아 낸 순간.

묘한 기분이 게리 산체스를 휘감았다.

'이런 날이 올 줄이야.'

다른 투수를 리드할 때와는 차원이 다른 쾌감.

현시대 최강의 투수가 자신의 사인을 따른다는, 어쩌면 음습할 수도 있는 정복감과 고양감.

그러나 그 뒤로, 반대되는 감정이 들이쳤다.

'내가 실수하면 어쩌지?'

33연승, 그것도 전례 없는 무패의 투수를 리드하는 상황.

김신의 어깨 위에 올려져 있던 부담감의 일부가 게리 산체스를 짓누른 것이었다.

하지만 곧 게리 산체스는 이를 악물며 되뇌었다.

'양키스의 주전 포수도, 김신의 파트너도 바로 나다!'

온전히 자신의 것도 아닌 부담감에 무너질 만큼 게리 산체스는 약한 남자가 아니었다.

핀스트라이프를 입고 김신과 함께하며 쌓아 올린 멘탈이, 그와 밤늦게까지 같이 흘린 땀방울이, 그를 보고 배우며 끊임없이 연구한 정보들이 게리 산체스를 떠받들었다.

[올해 애리조나 다이아몬드백스로 이적한 3할 3루수, 마틴 프라도 선수가 타석에 들어섭니다.]

[올겨울 화제 중 하나였죠. 저스틴 업튼 선수를 보내면서 데려온 선수인데…… 타워스 단장이 왜 이런 트레이드를 했는지 아직도 의견이 분분합니다.]

[기억납니다. 물론 마틴 프라도 선수도 좋은 선수고, 지금 잘해 주고 있습니다만…… 브레이브스의 프랭크 렌 단장이 타워스 단장의 약점, 이를테면 부적절한 비디오라도 가진 게 아니냐는 루머가 잠깐 있었죠.]

경기 외적인 가십거리를 먼저 이야기하는 해설진과 달리.

타석에 선 낯선 남자의 방망이에 대한 정보가 게리 산체스의 머릿속에 빠짐없이 재생됐다.

'콘택트는 괜찮지만 장타력이 부재…… 발도 느리다.'

그리고 결론이 도출됐다.

'충분히 찍어 누를 수 있어.'

자신감에 찬 게리 산체스의 손이 가랑이 사이에서 바쁘게 움직이고.

김신의 손에서 공이 튀어나왔다.

따악—!

[멀리 뻗지 못하는 타구! 중견수 커티스 그랜더슨, 가볍게 처리! 1구 만에 물러나는 마틴 프라도 선수입니다.]

[방금은 김신 선수가 과감한 승부를 펼쳤습니다. 한복판에 잘 던지지 않는 선수인데, 대놓고 중앙으로 찔렀어요. 그리고 마틴 프라도 선수의 방망이가 그 공에 완전히 힘에서 밀리면서, 양키스 배터리가 1구 만에 아웃카운트를 챙깁니다.]

[그렇군요. 기록에 대한 부담감이 엄청날 텐데도 전혀 상관없다는 듯 과감히 한복판 승부! 대단합니다!]

어쩌면 김신 자신보다 김신을 더욱 신뢰하는 포수가.

[나우 배팅, 넘버 26. 미겔 몬테로!]

극한까지 벼려진 김신의 날카로운 발톱을 대신 휘둘렀다.

따악—!

[유격수 정면! 에두아르도 누네즈 잡았고, 1루 송구…… 아웃입니다! 스리아웃! 1회 초가 순식간에 끝나 버립니다! 삼자범퇴! 단 6개의 공으로 1회를 마무리하는 김신 선수!]

[이번에는 한복판에서 떨어지는 체인지업. 물론 원래부터 공격적인 피칭을 펼치는 선수지만, 오늘은 한층 더 과감하네요.]

[그래서 그런지 애리조나 다이아몬드백스 선수들이 맥을 못 추는군요! 경기는 이제 1회 말, 뉴욕 양키스의 공격으로 향합니다! 저희는 잠시 후에 다시 뵙겠습니다.]

삼진, 중견수 플라이, 유격수 땅볼.

평소대로 1회 초를 깔끔하게 막아 내고 더그아웃에 들어온 김신은 평소와 달리 생각을 억눌렀다.

'공 하나, 공 둘, 공 셋, 공 넷…….'

루틴을 비틀어 확보한 현재의 몰입 상태를 유지하기 위함이었다.

지금까진 성공적으로 먹혀 들어가고 있지만, 김신이 오늘 행한 루틴 비틀기는 본디 양날의 검이다.

미트만 보고 던지는 게 아닌, 생각이란 걸 하는 순간부터 컨디션이 되레 망가질 수도 있는 것이다.

그럼에도 김신이 루틴을 비틀어 놓은 것은 자칫 징크스로 비화할 수 있는 시즌 초반의 컨디션 난조를 아예 부숴 버리기 위해서이며.

산체스 구제 계획과 지금까지 함께한 시간을 통해 그가 알던 모습에 근접하고 있는 게리 산체스라는 파트너를 믿었기 때문이었다.

'공 여섯, 공 일곱, 공 여덟…….'

팀은 연패하고, 무패의 커리어엔 오점이 남을 수도 있었지만.

'공 아홉, 공 열, 공 열 하나…….'

자신의 공과 게리 산체스, 그리고 팀원들에 대한 믿음을
바탕으로.

'공 열둘, 공 열셋, 공 열넷…….'

김신은 계속해서 공을 셌다.

마치 어린아이가 잠들기 위해 양을 세듯이.

물론 그동안 게리 산체스는 어느 때보다 바빴고.

'다음은 클린업. 다 우타자인데…….'

그라운드는 정신없이 돌아가고 있었다.

[1회 말, 뉴욕 양키스의 공격이 시작되겠습니다. 이를 방어하는 애리
조나 다이아몬드백스의 투수는 웨이드 마일리! 재작년에 데뷔했고, 작년
에 준수한 활약을 펼친 좌완 투수입니다.]

[이 달의 투수 상도 하나 있고, 신인왕은 아쉽게 놓쳤지만 2순위까지
올라갔을 정도로 가능성 있는 유망주죠.]

웨이드 마일리.

애리조나 다이아몬드백스가 미래를 기대하는 영 건이자
올 시즌 그들의 2선발.

형형한 눈으로 연습 투구를 하는 애송이의 모습에 타격을
준비하던 베테랑이 피식 웃었다.

'작년 내셔널리그에 인물이 없긴 했나 보군.'

신인왕 2위.

1위와 한 계단밖에 차이가 나지 않는 위치였지만 무게감이 너무 달랐다.

'저게 그 마이크 트라웃과 같은 순위라니. 아메리칸리그였다면…… 5위는 했을까?'

MVP마저 겨룰 만했던 아메리칸리그의 신인왕 2위와 비교하기 미안할 정도였다.

아니, 그 밑에 자리했던 팀의 주전 포수 게리 산체스에게도 비빌 수 있을 리 만무했다.

그런데도.

'눈빛만 보면 MVP인 줄 알겠어.'

웨이드 마일리의 기세는 등등하다 못해 건방졌다.

신인왕이자 MVP였던 오늘 양키스의 선발 투수에 비견될만큼.

물론 이해는 한다.

투수가 메이저리그 밥을 먹으려면 어떤 타자든 꺾어 무너뜨리겠다는 배짱 정도는 가지고 있어야 하니까.

하지만 그런 투수들에게 현실을 일깨워 주는 것 또한.

타자들의 권리.

브렛 가드너가 걸음을 옮겼다.

[데릭 지터의 DL행 이후 리드오프 자리를 이어받은 양키스의 순혈 좌익수, 브렛 가드너 선수가 타석에 들어섭니다.]

[워낙 확실한 리드오프인 데릭 지터 선수가 있어서 테이블세터로 뛰었지만, 원체 발도 빠르고 컨택도 괜찮은 선수라 사실 테이블세터가 아닌 리드오프로도 충분히 뛸 수 있었죠.]

아직은 어색한 발걸음으로 팀의 선봉에서 타석에 들어선 브렛 가드너.

하지만 타석에 들어선 순간, 어색함은 흔적도 없이 사라지고.

"흐읍."

가슴을 부풀린 전성기 타자의 방망이가 곧추섰다.

'여기는 내셔널리그가 아니라……'

[투수 와인드업!]

브렛 가드너의 방망이가 호쾌하게 바람을 갈랐다.

'아메리칸리그다!'

따악―!

[초구 타격! 3유간을 관통합니다! 브렛 가드너의 선두 타자 안타!]

[바깥쪽 포심 패스트볼을 정확하게 때렸습니다. 요즘 브렛 가드너 선수가 확실히 물이 올랐네요. FA로이드의 효과인가요?]

1루에 선 브렛 가드너의 눈에 이제는 너무도 익숙해진 동양인 동료의 모습이 보였다.

'자, 하나 또 하자고.'

그의 이름은 추신서.

[하하, 그러고 보니 양키스의 1번과 2번이 모두 FA로이드 기간이네요.]

브렛 가드너와 마찬가지로 FA를 앞두고 있으며.

전성기의 절정을 달리고 있는 타자.

브렛 가드너에게 초구를 얻어맞은 건 재수가 없었을 뿐이라 애써 위안한 웨이드 마일리의 타구가.

'오늘 되는 날이군.'

추신서의 눈에 수박만 하게 들어왔다.

그의 방망이가 정숙을 유지했다.

뻐엉-!

[초구는 볼. 추신서 선수가 슬라이더를 잘 골라냈습니다.]

자신의 바짝 선 컨디션을 확신한 추신서가 타석에 몸을 웅크렸다.

그의 시선이 양키스의 짧은 우측 담장을 훑었다.

뻐엉-!

2구. 다시 한번 바깥쪽 유혹을 참아 내고.

[웨이드 마일리, 제3구!]

3구. 기회를 놓치지 않고 방망이를 돌렸다.

따악-!

[우측! 큽니다! 우익수 뒤로! 우익수 뒤로!]

하지만 바람(風)이 추신서의 바람(願)을 외면했다.

[아, 파울입니다! 이 타구가 관중석에 떨어지고 맙니다! 추신서의 큼지막한 파울 홈런!]

[웨이드 마일리 투수, 간담이 서늘했겠어요.]

10cm만 안쪽에 들어왔어도 2점을 획득했을 파울 홈런.

추신서가 땅바닥에 침을 뱉었다.

'아깝다.'

더 이상의 기회가 없을 가능성이 높다는 것을 본능적으로 느꼈으니까.

그리고 그의 직감이 맞아떨어졌다.

뻐엉-!

뻐엉-!

[베이스 온 볼스! 웨이드 마일리, 경기 시작부터 위기를 맞이합니다! 무사 주자 1, 2루!]

화들짝 놀란 웨이드 마일리가 유인구 위주의 승부를 가져가면서 볼넷.

추신서가 씁쓸하게 방망이를 내려놓았다.

'정말 아깝다.'

1루를 헌납받았지만 별로 기쁘지가 않았다.

아직 무사 1, 2루의 기회가 이어지고 있었으나 방금 전 볼넷을 예감했던 그의 직감이 다시 소리치고 있었으니까.

'과연……'

그리고 그 외침은 다시 한번 맞아떨어졌다.

따악-

[타구가 2루수에게 정확히 배달됩니다! 조시 윌슨 2루 토스! 아웃! 1루에서…… 아웃입니다! 커티스 그랜더슨의 병살타!]

화려한 조명에 가려져 있던 구멍이 자신의 존재감을 어필하고.

[나우 배팅, 넘버 13. 알렉스- 로드리게스!]

새로 태동하려는 구멍이 모습을 드러냈다.

따악-!

[높게 뜹니다-! 우익수 코디 로스가 대기합니다. 아웃! 우익수 플라이로 물러나는 A-rod! 1회 말 양키스의 공격이 잔루 3루로 종료됩니다!]

[양키스가 정말 좋은 기회를 놓쳤네요. 연승의 후유증인가요? 유독이번 시리즈에서 이런 맥 끊기는 상황이 많습니다. 타선이 응집되지 못하고 있어요!]

양키스에 드리운 암운이 적나라하게 드러나고.

"후……."

대기 타석에서 숨 가쁘게 더그아웃으로 달려가는 게리 산체스의 한숨이 그라운드 위로 흩어져 내렸다.

◯

팀 게임을 하다 보면 흔히들 나오는 말이 있다.

나머지가 아무리 잘해도 구멍 하나 막기가 힘들다.

유기적인 연계가 중요한 게임일수록 삐걱이는 조각 하나

만으로도 전체가 쉬이 어그러질 수 있음을 지적하는 소리다.

야구도 마찬가지였다.

따악-!

[높게 뜹니다! 우익수 코디 로스가 대기합니다. 아웃! 우익수 플라이로 물러나는 A-rod! 1회 말 양키스의 공격이 잔루 3루로 종료됩니다!]

[양키스가 정말 좋은 기회를 놓쳤네요. 연승의 후유증인가요? 유독 이번 시리즈에서 이런 맥 끊기는 상황이 많습니다. 타선이 응집되지 못하고 있어요!]

1회 말.

브렛 가드너와 추신서가 각각 안타와 볼넷으로 무사 1, 2루라는 절호의 기회를 만들었음에도.

커티스 그랜더슨의 병살과 알렉스 로드리게스의 우익수 플라이로 결국 0점.

뻐엉-!

[스트라이크아웃! 제이슨 닉스 선수를 삼진으로 돌려세우면서, 다시 한번 위기를 탈출하는 웨이드 마일리! 양키스는 이번에도 1, 3루의 잔루를 남깁니다!]

[1차전부터 양키스로서는 될 듯 될 듯 되지 않는 상황이 계속 나오네요.]

2회 말.

게리 산체스의 볼넷과 매니 마차도의 진루타가 터졌지만.

조시 도널드슨이 침묵하고, 에두아르도 누네즈와 제이슨

닉스가 범타와 삼진으로 물러나면서 다시 0점.

[이제 경기는 3회 초로 갑니다! 김신 선수가 다시 올라오겠군요!]

조 지라디 감독이 모자 챙 속에 표정을 숨기며 한숨을 내쉬었다.

"후……."

물론 5할을 칠 수 있는 타자는 없고.

선수가 가끔씩 부진하는 건 자연스러운 일이다.

하지만.

'커티스 그랜더슨, 알렉스 로드리게스, 에두아르도 누네즈, 제이슨 닉스…….'

조 지라디 감독의 머릿속에 나열된 네 남자는 경우가 조금 달랐다.

FA를 앞두고 펄펄 나는 동료 외야수들과 달리, 작년 시즌 홈런왕을 경쟁했던 타자라는 사실을 의심케 하는 커티스 그랜더슨의 부진은 지난 포스트시즌에서부터 끝이 날 줄을 몰랐고.

야구라도 잘해야만 하는 놈, 알렉스 로드리게스는 시범 경기와 초반 두세 경기 반짝 연봉값을 하는가 싶더니 왜 행크 스타인브레너가 전권을 잃었는지 적나라하게 보여 주고 있었다.

또한 데릭 지터와 마크 테세이라의 갑작스러운 부상으로 선발 출전하게 된 에두아르도 누네즈와 제이슨 닉스의 방망이는 왜 그들이 백업인지 명명백백히 소리 치고 있었으니.

'지터와 테세이라의 빈자리가 너무 뼈아프다.'

잠깐의 부진이라 여길 수 없는 불협화음들의 대두에, 그걸 해결할 길이 요원한 조 지라디 감독이 한숨을 쉬는 것도 어찌 보면 당연한 일이었다.

반면.

"굿. 아주 좋아."

애리조나 다이아몬드백스의 감독, 커크 깁슨은 흡족한 표정으로 손바닥을 비볐다.

'1차전에서도 그렇고, 운이 제대로 따르고 있다. 가끔 이런 때가 있지.'

1차전부터 심심찮게 출루는 하지만 결국 점수는 영 제대로 내지 못하고 있는 양키스 타선.

업계 선배로서 안타깝긴 하나, 애리조나 다이아몬드백스의 감독으로선 데릭 지터와 마크 테세이라의 부상 타이밍이 매우 기꺼웠다.

금상첨화로 그에 반해 애리조나 다이아몬드백스 타선은 적은 안타로도 점수를 내며 경기를 거머쥐었으니.

'이대로라면 1차전처럼 분위기가 곧 우리 쪽으로 넘어올지도 모……'

커크 깁슨이 위닝 시리즈의 희망을 보는 것도 무리는 아니었다.

그러나 다음 순간.

"와아아아아-!"

커크 깁슨의 상념은 끝을 맺지 못했고.

두 감독의 표정은 순식간에 뒤바뀌었다.

"Kim Will Rock You-!"

오늘 일찌감치 경기장 밖에서부터 계속해서 울려 퍼진 응원가의 주인공.

너무나 당연하게 2회 초를 삼자범퇴로 정리하고, 넘어가야 했을 분위기를 양키스 쪽에 못 박아 뒀던 투수 때문이었다.

꽈악-!

쏟아지는 환호 속에서 김신이 공을 집었다.

By other's faults wise men correct their own.

다른 말로 하면 타산지석(他山之石).

타인의 행동이나 실수로부터 배운다는 말.

3회 초.

마운드에 굳건히 자리한 김신을 바라보며 커크 깁슨은 그 말을 떠올렸다.

'……존 패럴이 아예 틀렸던 건 아니야.'

무려 개막 시리즈에서 정면 대결을 피했다는 사실이 크게 이목을 끈 데다.

양키스가 경기 초반부터 대량 득점을 하면서 흐지부지되긴 했지만.

보스턴 레드삭스의 감독 존 패럴이 행했던 플래툰.

우타자 일색으로 타선을 도배했던 것 하나 정도는 충분히 실험해 볼 가치가 있다고.

커크 깁슨은 그렇게 생각했다.

'우완을 시험하는 의미로도 좋고, 좌완을 쓰더라도 나쁘지 않다.'

만약 김신이 WBC에서처럼 좌우 놀이에 충실해 우완을 고집한다면 데이터가 쌓이는 거고, 어쩌면 공략할 만한 약점을 알아낼 수도 있다.

좌완을 쓴다 해도 어차피 김신의 좌완을 이겨 낼 만한 좌타자는 없다시피 한 마당이니, 우타자로 하여금 좌완을 상대하도록 하는 측면에서도 괜찮다.

또한 좌타자 플래툰에 비해 우타자 플래툰은 어렵지 않다.

그런 요소들이 합쳐져서 나온 판단이었지만.

[나우 배팅, 넘버 8. 헤라르도, 파라.]

애리조나 다이아몬드백스의 7번 타자이자 오늘 D-백스 타선의 유일한 좌타자를 상대로 김신에게 좌완 투구를 요구하면서.

게리 산체스는 코웃음을 쳤다.

'우타자 플래툰이라니…… 헛수고지.'

작년 이맘때쯤.

자신과의 포구 훈련 여파로 미네소타 트윈스를 상대로 우완 위주의 피칭을 했던 결과가 어땠는지 왜 생각하지 못하는 걸까?

김신의 우완에 문제가 있을지도 모른다는 형편 좋은 상상은 왜 하는 걸까?

그리고 설령 김신이 우완에 문제가 있어 좌완만 쓴다고 하더라도.

뼈엉-!

"스트라이크!"

[여러 번 보지만 정말 완벽한 제구입니다. 원 스트라이크!]

[저 바깥쪽 낮은 코스의 포심이 김신 선수의 투구 전반을 아우르는 키(Key)입니다. 바깥쪽 보더라인을 타면서 공 한 개 미만의 차이로 존을 넘나드는 저 포심. 구속과 구위가 워낙 좋아 받쳐 놓고 쳐도 힘든데, 바깥쪽으로 빠져나가는 슬라이더나 체인지업도 생각해야만 하죠. 그렇다고 그걸 대처하겠답시고 배터 박스에 붙었다가는……]

좌타자든, 우타자든.

김신의 포심 앞에 평등하다는 걸 왜 간과할까?

게리 산체스가 고개를 저었다.

[말씀드리는 순간, 김신 선수 제2구!]

그의 사인에 따라, 배터 박스에 바짝 붙은 타자를 위협하는 몸쪽 깊숙한 코스의 포심이 미트에 틀어박혔다.

뻐엉-!

판정은.

"스트라이크!"

게리 산체스의 웃음 뒤로, 해설 위원의 열변이 쏟아졌다.

[바로 저겁니다! 배터 박스에 붙었다가는 몸 쪽 깊숙한 곳을 파고드는 바로 이 포심에 속수무책이죠! 그야말로 진퇴양난이라 할 수 있겠습니다! 사실 김신 선수의 다른 구종도 강력하긴 하지만, 역시 이 포심에 대처할 수 있어야만 김신 선수를 공략할 수 있어요!]

만약 김신이 원 피치 투수라고 하더라도 메이저리그의 절반 이상은 공략하지 못할 마구.

그게 바로 김신의 포심 패스트볼이었다.

'아니지. 절반 이상 정도가 아니라 대부분이 공략 못 하려나.'

이 세상에서 투수 김신을 가장 잘 알고.

그를 가장 신뢰하는 남자가 손가락을 움직였다.

뻐엉-!

"스트라이크아웃!"

[삼진! 포심 세 개로 삼구삼진을 만들어 내는 양키스 배터리!]

스트라이크존 상단을 꿰뚫는 김신의 포심이 또다시 가련한 도전자를 집으로 돌려보냈다.

'좌우 말고 위아래도 있다고.'

게리 산체스의 손가락이 춤을 췄다.

뻐엉-!

3회 말.

김신을 리드한 산체스가 보란 듯이 좌완으로 삼자범퇴를 만들어 낸 다음 이닝.

뻐엉-!

"스트라이크아웃!"

[삼진!! 지난 이닝에 이어 이번에도 마지막 타자를 삼진으로 잡아내는 웨이드 마일리! 삼자범퇴에 삼자범퇴로! 오늘 웨이드 마일리 선수도 호투를 펼쳐 주고 있습니다!]

이번에는 브렛 가드너와 추신서도 침묵하면서 양키스 또한 D-백스와 같이 삼자범퇴를 헌납했다.

당연히.

따악-!

[쳤습니다만…… 멀리 뻗지 못하는 타구! 중견수 커티스 그랜더슨이 처리합니다. 스리아웃! 다시 소득 없이 물러나는 D-백스 타선입니다!]

[이제 한 바퀴 돌았는데도 1루를 밟은 선수가 없군요. D-백스 타선이 전혀 감을 잡지 못하고 있습니다.]

김신과 산체스 또한 즉각적인 응징을 가했지만.

그리고 4회 말.

뻐엉-!

"스트라이크아웃!"

[다시 삼진! 오늘 경기 4개째 삼진을 잡아내는 웨이드 마일리! 초반의 흔들리던 모습을 벗어던지고 안정적인 모습입니다.]

[포심과 싱커. 두 패스트볼의 제구가 살아나면서 좋은 피칭을 펼치고 있습니다.]

게리 산체스가 타석에 섰다.

지금까지 상대 타자의 정보를 출력하던 그의 두뇌가 상대 투수에 대한 정보를 출력했다.

'포심, 싱커, 슬라이더, 체인지업. 패스트볼을 주로 사용하는 투수.'

그 위에 2회 말, 웨이드 마일리를 직접 상대했던 경험과 방금 전까지 대기 타석에서 그의 피칭을 지켜봤던 기억이 합류했다.

'초반에는 연타를 얻어맞고 당황했었어. 제구에 문제가 생겼지. 하지만 지금은…… 자신감에 가득 차 있군.'

그를 통해 게리 산체스가 결론을 도출했다.

'일단 초구부터 노려 보자.'

결심을 세운 게리 산체스의 두뇌가 다음 순서로 구종을 예측해 냈다.

방금 전까지 흡사한 자신감에 가득 차 있던 포수가 상대

배터리를 통찰했다.

'싱커. 투수는 포심을 얘기했겠지만, 내가 포수라면 싱커를 요구했을 거야.'

평소 러프하게만 예상해 두고 재능과 본능으로 타격하는 유형이었던 게리 산체스라고는 생각하기 어려운 정확한 게스 히팅.

만약 김신이 알았다면 박수를 쳤을 일이 벌어지고 있었다.

주전급으로 도약한 작년에도, 주전이 된 지금도.

미천한 경험 탓에 투수를 리드한다기보단 투수와 협의하고 벤치의 지시를 받던 포수.

하지만 물밑에서는 어엿한 그라운드의 사령관이 되기 위해 노력을 멈추지 않았던 포수가.

오늘 경기, 리그 최고의 투수를 리드했다는 경험을 트리거 삼아.

변화하고 있었다.

[웨이드 마일리, 와인드업!]

게리 산체스의 눈동자에 확신이 깃들고.

부우웅-!

그의 방망이가 그의 자신감만큼이나 무겁게 대기를 갈랐다.

결과는.

따아악-!

[우측 큽니다! 우측 담장, 우측 담장, 우측 담장……!]

구멍이 있든 없든.

연계가 되든 안 되든.

하등 상관없이 그야말로 개인 기량으로 멱살 잡고 팀을 캐리할 수 있는 묵직한 한 방.

[넘어갑니다─! 게리 산체스의 솔로 포! 팽팽했던 승부의 균형을 단번에 깨뜨려 버립니다!]

홈런이었다.

또한 산체스의 홈런으로 완전히 넘어간 분위기는, 거기서 그치지 않았다.

따악─!

[조시 도널드슨─! 좌중간을 가르는 2루타! 양키스가 기회를 이어 갑니다!]

따악─!

[3루수 잡지 못합니다! 파울 지역으로 흐르는 타구! 좌익수 A.J 폴락 따라가 보지만…… 조시 도널드슨 여유 있게 홈인! 타자 주자 마차도는 2루까지! 주자 올 세이프입니다!]

게리 산체스와 함께 새로운 코어로 불리는 남자들이 커크 깁슨의 표정을 사정없이 일그러뜨렸다.

마치 존 패럴에게 그러했듯이.

〈김신, 뉴 코어 동료들의 도움으로 33연승 확보!〉

〈양키스의 미래를 책임질 뉴 코어는 누구누구?〉

데릭 지터, 앤디 페티트, 마리아노 리베라, 호르헤 포사다.

유격수, 선발 투수, 마무리 투수, 포수.

잘 모르는 사람들에겐 그저 이름의 나열일 수도 있지만.

핀스트라이프를 입고 매일 한 장소에 모이는 사람들에게 그 이름들은 특별한 의미를 가진다.

코어4.

침체기였던 뉴욕 양키스를 다시 위대하게 만들어 줬던 이름들.

하지만 베이브 루스가, 조 디마지오가, 요기 베라가, 미키 맨틀이 그러했듯이.

코어4 또한 영원할 수는 없었다.

호르헤 포사다는 이미 은퇴했고.

앤디 페티트와 마리아노 리베라는 이번 시즌을 마지막으로 더 이상 볼 수 없게 됐다.

부상으로 신음하고 있는 데릭 지터도 언제까지 볼 수 있을지 모른다.

올드팬들은 슬픔을 느꼈다.

"세월이 참 빠르긴 해."

"그러게 말이야. 지터가 스리핏을 하고 환하게 웃던 게 엊그제 같은데."

허나 그 슬픔을 달래 줄 만한 신성들이.

양키스에는 있었다.

"어쩔 수 없지. 세월 앞에 장사 없는 법이니까."

"그렇지. 그래도 그 세월이란 놈 때문에 저런 친구들이 새로 등장하는 거 아니겠어?"

올드팬들뿐 아니라 새로이 팬이 된 이들의 시선이 양키스의 새로운 동반자들에게로 향했다.

따악-!

[조시 도널드슨-! 좌중간을 가르는 적시타! 양키스가 한 점 더 달아납니다!]

약쟁이에게서 3루 글러브를 빼앗아 버린 조시 도널드슨.

뻐엉-!

[스트라이크아웃! 결정구는 커브볼이었습니다!]

[코리 클루버 선수가 지난 시즌에 이어 계속 좋은 성적을 쓰고 있는 이유죠. 확실히 작년보다 한층 날카로워진 저 슬러브. 요즘 마구라는 소리가 심심치 않게 들려오는 공입니다.]

투심과 슬러브를 앞세워 데뷔 2년 차에 제국의 두 번째 자리를 노리고 있는 코리 클루버.

[투수 와인드…… 주자 뜁니다! 2루 송구! 2루에서…….]

뻐엉-!

[판정! 아웃입니다! 게리 산체스의 도루 저지! 이닝이 그대로 종료됩니다!]

[감탄스럽네요. 방망이도 물론 훌륭하지만 게리 산체스 선수의 저 향상된 수비력은 정말 칭찬하지 않을 수가 없습니다. 확실히 안정감이 많이 달라졌어요. 지난 시즌 낫아웃 실책을 범했던 포수라고 보기 어려울 정도입니다.]

지난 시즌 신인왕 경쟁에 뛰어들 수 있게 만들어 줬던 방망이는 녹슬지 않고 돌아와 팀 내 홈런 1위를 장식하고.

누군가와의 계속된 특별 훈련 덕에 마침내 가시적인 성과를 내기 시작한 글러브로는 세간의 관심을 독차지하는 남자.

이제는 뉴욕 양키스의 4번 타자까지 노리고 있는 주전 포수, 게리 산체스.

그리고.

뻐엉-!

[삼진! 아직 4회 초인데 벌써 5번째 삼진을 수확하는 김신 선수! 로저스 센터가 마치 양키 스타디움 같습니다!]

[정말…… 해설을 할 게 없네요.]

더 이상 수식어조차 필요하지 않은.

이름만으로도 누구나 고개를 끄덕이는 불패의 에이스.

김신.

핀스트라이프들은 그들에게 또 다른 이름을 붙여 주었다.

"캐시먼이 일을 참 잘해."

"코어가 중요한 것 정도는 잘 아는 친구지."

새로운 네 명의 핵심 선수.

'뉴 코어4.'

……라고.

4월.

〈뉴욕 양키스, 라일 오버베이 영입!〉

마크 테세이라의 빈자리에 보스턴 레드삭스에서 논탠더로
풀린 저니맨 1루수, 라일 오버베이를 영입한 양키스는 시즌
초반처럼 압도적인 연승을 기록하진 못했지만 충분히 괜찮
은 성적을 써 냈다.

18승 8패.

지난 시즌보단 떨어지지만 지구 우승과 월드시리즈 트로
피를 노리기엔 넘치는 성적.

〈이변 없는 지구 1위. 양키스, 리핏은 꿈이 아니야!〉

그 선봉에 뉴 코어4가 있음은 당연한 이야기였다.

물론 야구는 넷이서 할 수 없는 스포츠.

그들뿐 아니라 다른 선수들도 제 역할을 해 냈다.

─솔직히 꼭 4명으로 묶어야 되나? 매니 마차도나 델린 베탄시스도 괜찮게 활약해 주는데.
　└그러게. 사실 코어4니 뉴 코어4니 이상한 칭호 붙이는 것도 좀 유치하긴 해.
　└유치? 그게 다 소속감이고 이미지야 병신아 ㅋㅋㅋㅋ
　└게네는 아직 좀 애매하지 않냐. 반 시즌도 안 뛰었잖아.

　9월 확장 로스터로 올라온 탓에 코어라는 칭호를 확실히 거머쥐진 못했지만.
　매니 마차도와 델린 베탄시스는 팬들의 눈독을 톡톡히 찍었으며.

　─추는 진짜 제대로 영입했다. 장기 계약 안겨 줘라!
　└ㅇㅈ. 타율, 출루율, 수비 뭐 빠지는 게 없음.
　─근데 추야 그렇다 치고 브렛 가드너는 이제 슬슬 계약 소리 나와야 되는 거 아님? 우리가 키운 순혈인데?
　└그것도 인정. 아마 추랑 가드너랑 둘 다 잡겠지.

　브렛 가드너와 추신서는 이제는 없어선 안 될 팀의 기둥으로서 굳건히 자리를 지켰다.
　하지만 빛이 있으면 어둠이 있는 법.

─진짜 그랜더슨은 계륵이네, 계륵. 버리자니 아깝고 쓰자니 영하자가 있고.

┗안 아까운데? 그냥 못 버리는 거지. 컨트롤 타임 1년도 안 남은 애를 누가 데려가냐 ㅋㅋㅋㅋ 아무리 캐시먼이어도 저건 포장할 수가 없다.

┗지난 시즌이 플루크였던 거지. 원래 파워 툴 하나 빼면 볼 거 없는 애였음.

커티스 그랜더슨의 부진은 끝날 줄을 몰랐고.

─이 약쟁이 새끼는 진짜 야구라도 잘해야지, 도대체 팀에 도움 되는 게 뭐냐?

─행크 스타인브레너를 뒷방으로 물러나게 한 거? 그거 말곤 없는 거 같은데.

알렉스 로드리게스도 반등하지 못했다.
그에 양키스 팬들은 이렇게 평했다.

─우리가 언제부터 유망주 위주 팀이 됐냐.

─지터가 그립다.

베테랑들이 아닌, 저연차 유망주들의 폭발을 바탕으로 이겨 나가는 팀.

그 저연차들이 흔들리면 자칫 어떻게 될지 모르는 상태라고.

새로 핀스트라이프를 입게 된 남자, 라일 오버베이도 팀 훈련에 합류하기 전까진 그렇게 생각했다.

그러나.

'특이한 팀이야.'

팀에 합류한 이후엔 생각이 달라졌다. 아니, 달라질 수밖에 없었다.

애리조나 다이아몬드백스, 밀워키 브루어스, 토론토 블루제이스, 피츠버그 파이어리츠, 애틀란타 브레이브스에 이어 보스턴 레드삭스까지.

수많은 팀을 경험한 저니맨 라일 오버베이에게도 현재 뉴욕 양키스의 분위기는 예상 외였다.

'레드삭스처럼 시도 때도 없이 '렛츠 고! 파이팅!'을 외치는 분위기도 아니고.'

현재 뉴욕 양키스처럼 젊은 팀.

루키들이 활약하고, 그에 비해 베테랑들이 부진한 팀에서 반드시 나타나는 현상이 보이질 않았다.

신기할 정도로, 제 잘난 맛에 날뛰는 녀석이 보이지 않았다.

단 하나도.

'데릭 지터가 있는 것도 아닌데……'

함께 턱수염을 기르며 활발히 교류하는 레드삭스처럼 끈

끈한 분위기도 아니었다.

분위기를 휘어잡을 팀의 레전드, 데릭 지터가 건재한 것도 아니었다.

그런데도 뉴욕 양키스의 루키들은 자신들의 전통을 지킨다는 양 공손했으며.

그 루키들을 포함해 베테랑들 모두 향상심에 미쳐 있는 사람들처럼 보였다.

심지어 극심한 부진을 겪고 있는 커티스 그랜더슨과 알렉스 로드리게스까지도 훈련 때만은 열정 그 자체였다.

'뜨거워. 그렇게밖에 표현 못하겠군.'

도저히 양키스가 흔들릴 거라는 생각 자체를 할 수가 없는 분위기였다.

거기에 지난 시즌 우승 팀 특유의 자신감이, 잠깐 주춤하더라도 결국엔 양키스가 이길 거라는 확신이 모두에게 서려 있었다.

'아니, 우승했기 때문이 아닌가.'

라일 오버베이가 생각하기에, 그건 단 한 가지 이유 때문이었다.

뻐엉-!

"스트라이크아웃!"

그 누가 제 잘난 맛에 머리를 들려다가도 '어맛, 뜨거워라!' 하고 바로 고개를 숙이게 만들어 버리는 압도적인 존재감.

살아 있는 전설로 불리기 시작했음에도 누구보다 빨리 출근해 누구보다 늦게 퇴근하는 훈련광.

주변 사람들까지 덩달아 불타오르게 만드는 야구의 화신.

[경기 끝났습니다! 김신 선수는 오늘도! 오늘도 약속된 승리를 챙깁니다! 시즌 5연승! 통산 35연승!]

[정말 대단하다는 말밖에 나오지 않는군요.]

김신.

라일 오버베이가 턱을 쓰다듬었다.

'이번 양키스의 기세는 오래가겠군.'

그리고 방출당하고 강제적으로 은퇴할 뻔했던 남자의 절박함이 타올랐다.

'나도……'

그 또한 김신에게 감화되지 않을 수 없었으니까.

따악-!

라일 오버베이가 아주 오랜만에 추가 훈련을 시작했다.

따악-!

물론, 그런다 해도 그가 언제까지 핀스트라이프를 입을 수 있을지는 모를 일이었지만.

◐

결과의 평등이 아닌 기회의 평등을 주창하는.

그로 인해 무한히 경쟁하는 게 당연한 자본 민주주의 사회.

현재의 성공이 미래의 성공을 담보하지 않는 그곳에서 계속된 영광의 빛을 받으려면, 끊임없이 발버둥 쳐야 한다.

대부분의 사람이 안주를 택해도.

계속해서 발전을 위해 고민을 멈추지 않는 것.

캐시먼에게도 그건 당연한 일이었다.

"시작하지."

라일 오버베이가 오랜만의 특타를 하고 있을 시각.

양키 스타디움에 위치한 단장실.

회의의 시작을 선언한 캐시먼이 가장 먼저 경쟁 팀의 사정을 입에 담았다.

"다들 알고 있겠지만 보스턴 놈들이 심상치 않아. 웃기지도 않은 턱수염 때문이든, 아니면 단체로 약을 처먹었든 이대로는 지구 우승이 순탄치 않을 거야."

그 말에 회의실에 앉은 양키스 중역들이 너나 할 것 없이 고개를 끄덕여 동의를 표했다.

17승 9패.

4월이 끝난 시점에서, 지난 시즌 꼴등이었던 보스턴 레드삭스는 양키스에 버금가는 약진을 펼치며 양키스를 턱밑까지 추격한 상태였다.

심지어 개막 시리즈를 양키스에게 내줬음에도.

물론 캐시먼은 보스턴의 이러한 호시절이 계속되진 않을 것이라고 봤다.

아니, 계속될 수도 있지만 결국 양키스에게 무릎 꿇을 것이라 생각했다.

특별한 에이스도 없고, 타선을 이끄는 빅 네임도 빈약한 상황에서 팀원들 간의 연계만으로 우승을 한다?

'불가능 한 건 아니긴 하지만 말이야……'

결국 중요한 단기전에서 디펜딩 챔피언 뉴욕 양키스를 넘을 수 있을까, 라는 의문에 대해.

캐시먼은 아무리 생각해도 긍정적인 답변을 내놓을 수 없었다.

한 남자의 얼굴만 떠올려도 도저히.

그런데도 그가 보스턴 레드삭스를 언급한 것은 회의에 참여한 인사들에게 위기감을 심어 주기 위해서였다.

마치 라이벌의 존재로 인해 더욱 강해지는 주인공처럼. 안주하지 않고 끊임없이 노력을 경주하라고.

'좋아. 시작해 볼까.'

탁자에 둘러앉은 면면들의 표정을 훑은 캐시먼이 본론을 꺼냈다.

가장 먼저 그의 시선을 받은 건 의료팀이었다.

"데릭 지터와 마크 테세이라의 상태는?"

백업이었던 에두아르도 누네즈와 제이슨 닉스, 주워 온 라일 오버베이로 메꾸긴 했지만 아직도 역력하게 느껴지는 빈 자리의 주인들.

양키스의 리핏, 아니, 왕조 건설을 위해선 반드시 돌아와 줘야 하는 사내들.

좌중이 의료팀 팀장의 입에 집중됐다.

"둘 다 비슷합니다. 나이가 나이인 만큼 회복세가 빠르진 않지만, 그래도 전반기 막판쯤엔 복귀 가능할 것으로 생각됩니다."

"흠, 전반기 막판이면…… 6월 말쯤인가?"

"예, 그렇습니다."

6월 말.

앞으로도 2개월이 더 남은 시간.

캐시먼의 미간이 좁혀졌다.

'쯧, 어쩔 수 없나.'

짧다면 짧고 길다면 긴 기간.

하지만 장기계약자인 두 사람을 생각하면 더 이상의 충원은 어려웠다.

'다 업보지, 뭐.'

그가 행한 사기 행각의 여파도 아직 사라지지 않은 상태였으니까.

아쉬움을 털어 낸 캐시먼이 손짓했다.

"오케이. 계속해."

"예, 그럼 홍보팀부터 발표하겠습니다."

사회자를 맡은 빌리 리의 목소리에 따라 회의가 재개됐다.

"홍보팀 발표하겠습니다. 먼저 유니폼 판매량입니다. 예상대로 김신 선수의 유니폼이 매진 행진을 이어 가고 있으며……."

악의 제국.

그 미래를 결정지을 중추들의 회의가.

"……다음은 전력분석팀입니다."

그리고 그 끝에서.

사회자에서 발표자로 변신한 빌리 리의 입에서.

"제이콥 디그롬, 루이스 세베리노, 셰인 그린. 트레이드할 것을 제안합니다."

양키스의 미래를 좌우할지도 모르는 파격이 터져 나왔다.

"뭐!?"

"빌리! 아니, 전력분석팀장! 그게 지금 무슨 소리요!"

사람들이 모두 같은 방식으로 살아가지 않는 것처럼.

메이저리그 구단들도 제각기 다른 생존 방식을 표방한다.

거기엔 각 구단마다 여러 가지 차이가 있지만 크게 두 가지로 나눌 수 있다.

첫째는 스몰 마켓.

든든한 모기업이 없는 스몰 마켓은 필연적으로 유망주를 키우고, 그들을 적절히 기용해 성적을 높이고, 마지막에는 그들을 팔아치워 구단을 운영할 자본을 확보한다.

두 번째는 빅 마켓.

넘치는 자본을 바탕으로 스몰 마켓이 키워 놓은 유망주를 사거나, 여러 이유로 시장에 풀린 선수들을 줍는다.

하지만 스몰 마켓이라고 해서 FA에 아예 관심이 없다는 건 절대 아니고.

빅 마켓이라 해서 유망주 육성에 일절 손을 대지 않는다는 건 어불성설이다.

어차피 메이저리그 구단의 모든 행위는 월드 시리즈 트로피를 위한 것.

선수를 키워서 쓰든 사서 쓰든 팀의 승리에 도움만 되면 만사형통 아니겠는가.

사치세가 없던 시절에는 악의 제국이라 불릴 정도로 돈을 펑펑 쓰던 큰손의 대명사.

뉴욕 양키스도 마찬가지였다.

그들이 벌어다 줄 돈과 이미지, 승리만큼이나.

프랜차이즈 스타가 될 유망주는 뉴욕 양키스에게도 소중했다.

그중에서도 가장 귀하다는 게 바로 투수 유망주였고.

현재 뉴욕 양키스 팜에서 그 투수 유망주로 손꼽히는 게 바로.

"제이콥 디그롬, 루이스 세베리노, 셰인 그린. 트레이드할 것을 제안합니다."

빌리 리가 얘기한 세 명이었으니.

"뭐?"

"빌리! 아니, 전력분석팀장! 그게 지금 무슨 소리요!"

회의에 참석한 양키스 중역들의 입에서 노호성이 터져 나오는 것도 무리는 아니었다.

하지만 눈 하나 깜짝 않는 빌리 리의 태도를 본 캐시먼의 눈은 심유하게 가라앉았다.

이 자리에 있는 누구보다 뉴욕 양키스의 손해에 민감한 남자가 빌리 리고, 이 자리에 있는 누구보다 저 세 사람의 가치를 잘 아는 남자 또한 빌리 리다.

그런데도 저런 소리를 한다는 건.

'잘 배우는군.'

캐시먼 자신이 회의의 시작에서 보스턴 레드삭스를 언급한 것과 비슷한 충격 요법.

조기 졸업으로 교육 과정을 패스하면서 사회성이 부족했던 빌리 리의 눈부신 발전이었다.

침착한 빌리 리의 눈동자를 마주한 캐시먼의 입가에 미소가 떠올랐다.

'어디 들어나 볼까?'

빌리 리가 이 정도까지 하면서 꺼내는 이야기란 뭘까.

기대감을 담은 캐시먼의 손이 까딱였다.

"조용. 계속해 봐."

그 신호에 예상했다는 듯 빌리 리가 컨트롤러를 조작했다.

삑—!

화면이 바뀌고.

익숙한 양키 스타디움의 그라운드 위에 선수들의 사진이 채워졌다.

루당 한두 명씩, 투수 자리와 불펜에는 작게 여러 투수들의 사진이, 타석에는 지명타자들이 올라왔다.

일단 의문을 참고 화면에 집중하는 좌중을 확인한 빌리 리가 입을 열었다.

"현재 우리 양키스의 주전 라인업입니다. 아주…… 훌륭하죠. 데릭 지터와 마크 테세이라가 복귀한다면 그야말로 흠 잡을 데 없는 라인업이라 하겠습니다. 다만……."

말을 끊은 채 다시 한번 주목을 모은 빌리 리가 본론을 꺼냈다.

"우리는 양키스의 현재가 아닌 미래를 준비하는 사람들입니다. 따라서 우리는 이 라인업을 조금 다르게 볼 필요가 있습니다."

그의 조작에 따라 다시 화면이 바뀐다.

내야가 확대되고, 주전과 백업 내야수들의 얼굴이 클로즈업된다.

빌리 리가 레이저 포인트로 천천히 스크린을 짚었다.

"3루와 2루는 딱히 문제가 없습니다. 조시 도널드슨과 매니 마차도의 서비스 타임은 많이 남았고, 이대로만 활약해준다면 자연스럽게 장기 계약을 맺게 되겠죠."

이 자리에 모인 사람들이라면 모를 수가 없는 당연한 사실.

무언의 동의를 표하는 중역들의 모습을 확인한 빌리 리가 다음 스텝을 밟았다.

삑ー!

데릭 지터의 사진이 사라지고.

마이너에 있을 유망주의 얼굴이 그 자리를 채운다.

"호르헤 포사다는 은퇴했고, 앤디 페티트와 마리아노 리베라는 올해를 끝으로 은퇴합니다. 당연히 데릭 지터도 영원히 유격수 자리에 있을 순 없겠죠. 그때를 대비해 우리는 이 선수. 프란시스코 린도어를 키우고 있습니다."

로빈슨 카노를 내주고 추신서와 함께 데려왔던.

미래 양키스의 내야를 책임질 유격수.

프란시스코 린도어.

그의 사진 옆으로 마이너 성적이 떠오르는 동안, 빌리 리는 1루로 향했다.

"그런데 3루, 유격수, 2루 자리와 달리 1루에는 마땅할 대체자가 없습니다. 마크 테세이라의 계약이 아직 좀 남긴 했지만 그의 에이징 커브는 명백합니다. 2011년 이후 계속해서 하락하고 있죠. 이번 부상에서 복귀한다 해도 원래의 기량을 회복할 수 있을지 장담할 수 없습니다. 라일 오버베이? 이번 시즌에 방출할지 안 할지 그게 더 문제인 선수죠."

즉 1루 자리를 채워 줄 사람이 필요하다는 말이었다.

하지만 빌리 리는 누구를 생각하고 있는지 더 이상 언급하지 않고 다음으로 넘어갔다.

"포수. 문제없죠. 게리 산체스는 이제 겨우 2년 차니까요."

그라운드의 사령관인 포수 자리를 짚은 뒤.

이번에는 외야가 화면에 가득 찼다.

"외야수. 여러 번 회의를 했으니 아시겠지만 좌익수 브렛 가드너와 우익수 추신서는 장기 계약을 제안할 예정입니다. 아직 젊으니 앞으로 몇 년 동안은 문제가 없죠. 하지만 여기."

빌리 리는 아예 걸음을 옮겨, 직접 손으로 스크린 한가운데를 짚었다.

"중견수만큼은 반드시 보강해야 합니다. 스즈키 이치로는 늙었고, 계약도 얼마 남지 않았습니다. 커티스 그랜더슨은 심각한 부진에 빠져 있고, 내년이면 FA로 풀리는데…… 우리는 장기 계약에 부정적인 입장이죠. 반드시 보강해야 합니다. 지금부터라도 유망주를 데려오거나 뽑아야 합니다."

맞는 말이었다.

하지만 과연 유망주로만 중견수 자리를 채워야 할까?

악의 제국 뉴욕 양키스가?

그런 의문이 입 밖으로 튀어나오기 전에 빌리 리가 선수를 쳤다.

"물론 돈으로 지르면 되는 문제기도 하죠. 하지만 3루수면서 3루에 나서지 못하는 '그놈'을 생각해 보십시오. 그동안 우리가 실패했던 FA들을 생각해 보십시오. FA만 바라보고 있는 건 말도 안 되는 일입니다."

말하자면 교토삼굴(狡兎三窟).

여러 가지 방도를 마련해 두어야 한다는 말이었다.

그리고 다시 화면이 바뀌었다.

이번엔, 투수들.

"계속하겠습니다. 이런 야수들에 비해 우리 투수진은 포화 상태나 다름없습니다. 김신, 말할 것도 없고. 코리 클루버는 무서운 기세로 승 수를 쌓아 가고 있습니다. 이반 노바……."

그때였다.

"그만."

잠자코 듣고 있던 캐시먼이 열심히 투수진을 설명하고 있던 빌리 리의 말을 끊어 냈다.

"서론이 너무 길군. 결국 요약하면 앞서 말한 세 투수 유망주를 이용해 중견수와 1루수를 보강하자. 그거 아닌가? 거기부터 다시 얘기해 봐. 누굴 팔아서 누굴 데려오고 싶은지."

그에 빌리 리가 기다렸다는 듯 즉각 화면을 뒤로 넘겼다.

거기에 떠오른 건, 환하게 웃고 있는 한 남자.

"먼저, 마커스 린 베츠."

보스턴 레드삭스 하이 싱글 A의 2루수.

다른 이름으로는.

"통칭, 무키 베츠입니다."

무키 베츠.

머지않은 미래 아메리칸리그와 내셔널리그에서 모두 우승 컵을 들어 올릴 우승 청부사였다.

"응? 이 친구는 2루수 아닙니까?"

"지금이야 그렇습니다만 강한 어깨와 빠른 발, 넓은 수비 범위와 시야를 봤을 때 2루수보다는 중견수가 더 적합한 선수입니다."

"……글쎄올시다."

계속해서 전환되는 스크린 불빛 아래.

밤늦게까지 양키 스타디움의 심장이 힘차게 뛰었다.

"다음은……."

다음 날.

출근하자마자 들려온 호출에 빌리 리는 단장실로 발걸음

을 옮겼다.

똑똑-.

"들어와."

문을 열자마자 보이는 건, 의자를 돌려 밖을 바라보고 있는 캐시먼과 그의 업무 책상에 놓여 있는 서류.

그리고.

'비행기표?'

빌리 리의 눈썹이 꿈틀대는 사이, 캐시먼의 말이 이어졌다.

"많이 늘었어. 이젠 너드 티가 잘 안 나는구만."

"……감사합니다."

한 박자 느린 감사 인사에 캐시먼이 의자를 돌려 빌리 리를 직시했다.

"진심이야. 자네답지 않게 허점이 많은 발표였는데……
화술로 잘 넘기더군. 인상 깊었어."

사실 캐시먼의 말처럼 자료만큼은 완벽했던 평소와 달리
빌리 리의 발표 자료는 완벽하지 않았다.

아무리 할 스타인브레너가 전폭적인 지원을 약속했다지만
장기 계약이 될지 안 될지는 그 누구도 확신할 수 없는 문제
였고.

선수들의 부상 가능성은 고려하지도 않았으며, 투수진도
포화라기엔 부족했다.

하지만 캐시먼은 흡족했다.

'단장이라면, 그럴 때도 있어야지.'

자료를 위주로 분석하고 실행하는 건 물론 좋은 일이다.

그러나 메이저리그 단장이라면 일견 말도 안 되는 사기 계약을 이끌어 내야 할 때도 있었고.

자료에 보이지 않는 무언가를 보고 투자해야 할 때도 있었다.

마치 캐시먼, 자신이 그랬던 것처럼.

'그토록 데려오고 싶었다는 거지, 누군가를.'

문이 열리자마자 머리부터 들이민다는 협상의 기술 중 하나.

Door in the face technique.

절대 통과될 리 없는 제안을 던지고, 그게 거절되면 양보하는 척 진짜 원하는 걸 쟁취하는 방법.

제이콥 디그롬, 루이스 세베리노, 셰인 그린의 트레이드를 던진 건 그 포석이라는 걸 다 꿰뚫어 보고 있었다는 듯이.

캐시먼이 빌리 리에게 물었다.

"자, 이제 진짜를 얘기해 봐."

"……."

"제이콥 디그롬, 루이스 세베리노, 셰인 그린. 셋 다 트레이드하고 싶은 건 절대 아닐 거 아냐. 그중 누구지? 누굴 써서 누굴 데려오고 싶은 거지?"

양키스에 이득이 될 거래를 수없이 성사시킨 노련한 승부사의 확신에 찬 눈빛.

빌리 리로서는 이실직고할 수밖에 없었다.

"무키 베츠. 셰인 그린으로…… 아니, 루이스 세베리노를 써서라도 무키 베츠를 데려오고 싶습니다."

"무키 베츠?"

"예."

잠시 빌리 리의 눈을 바라보던 캐시먼이 툭 뱉었다.

"봤나?"

무키 베츠가 어떤 선수인지.

셰인 그린이 어떤 선수인지.

왜 빌리 리가 무키 베츠를 영입하고자 하는지.

그런 것보다도 먼저 물어본 말.

빌리 리가 순간 멈칫하는 사이, 캐시먼이 말을 붙였다.

"작년 이맘때쯤이었지, 내가 자네에게 홈경기 직관을 명령했던 때가. 거기에서 봤던 게 무키 베츠에게서도 보였냐는 말이야."

다른 사람들은 몰라도 자신만은 확신할 수 있는 재능의 빛.

혹은 가능성의 빛.

브라이언 캐시먼이 김신과 데릭 지터를 통해 빌리 리에게 보여 주고자 했던 것.

혹은 느끼게 해 주고자 했던 것.

빌리 리가 대답했다.

"……예."

그 대답에 캐시먼이 의자를 돌렸다.

매우 흡족한, 일견 행복해 보이기까지 할 미소를 숨기기 위해.

그리고 허락했다.

아주 간단하게.

"좋아. 추진하지."

2, 3선발.

잘하면 1선발급까지 성장할 수도 있는 투수 유망주와 물론 재능이 엿보이긴 하지만 어쨌든 컨버전을 생각하고 데려와야 할 2루수 유망주의 트레이드를.

"……진심이십니까?"

"당연하지."

무키 베츠의 장점에 대해 줄줄이 읊으려던 빌리 리가 너무 쉬운 허락에 당황해 있을 찰나.

캐시먼의 첨언이 떨어졌다.

"대신 그건 내가 할 테니까 자네는 다른 데 출장 좀 갔다 와."

"출장…… 말입니까?"

"그래, 지난번에 자네가 그랬지? 우리는 양키스라고. 유망주만 모으는 건 아니라고. 자네가 까먹은 거 같아 내가 좀 챙

겪어."

촌철살인의 뒤끝.

멋쩍어진 빌리 리의 손이 책상에 놓인 비행기표를 뒤집었다.

거기에 적혀 있는 건.

"쿠바……입니까?"

아마 야구 최강이라 불리던 나라.

"별로 안 멀지? 쉬엄쉬엄 갔다 와."

캐시먼의 너스레를 한 귀로 흘리며.

빌리 리는 서류 맨 첫 장에 적힌 이름을 읊조렸다.

그 주인공은.

"호세, 아브레유."

쿠바의 베리 본즈라 불리는 남자였다.

빌리 리가 쿠바로 날아가는 동안.

캐시먼은 즉각적으로 움직였다.

〈양키스-레드삭스, 트레이드 합의! 셰인 그린 ↔ 무키 베츠!〉

—흠…… 애매한데?

└ㅇㅇ. 둘 다 즉전감이라곤 할 수 없어서 애매하네. 그나마 손을 들어 주자면 투수인 셰인 그린……? 최악이라도 불펜으로라도 써먹을 순 있을 테니까.

└다른 거 다 제외하고 협응력만 봐도 전체 리그 탑 수준이 무키 베츠인데? 웃고 간다.

협응력이란 눈과 손의 연계를 측정한 정도를 말한다.

즉, 내가 눈으로 본 만큼 얼마나 정확하게 손을 움직일 수 있는가.

2011년 도입된 바로 그 협응력 테스트에서 최고 수준의 기록을 보인 데다 5툴 플레이어의 자질을 보이는 무키 베츠는 분명 뛰어난 유망주였다.

하지만 문제는 아직 그의 보직은 2루수고, 보스턴 레드삭스에는 팀의 심장이라 불리는 2루수가 있다는 사실이었다.

반면 투수는 많아도 모자란 보직이었고.

마찬가지로 뉴욕 양키스 입장에서도 투수 유망주는 많을수록 좋고 2루수도 있었지만.

빌리 리의 강력한 의사 표명과 김신, 코리 클루버, 이반 노바라는 젊은 투수들의 대두.

그리고 제이콥 디그롬, 루이스 세베리노라는 다른 걸출한 투수 유망주들의 존재가 트레이드를 성사시켰다.

미래엔 몰라도 지금으로선 딱히 누가 손해라고 말하기에

애매한 트레이드.

그렇기에 더욱 양 팀 팬들의 시선이 집중됐다.

〈양키스와 레드삭스의 유망주 1 : 1 트레이드! 이번엔 누가 웃을 것인가!〉

뉴욕 양키스와 보스턴 레드삭스.

베이브 루스의 이적 이후로 트레이드만 했다 하면 악연으로 얽히는 두 구단의 유망주 트레이드 소식이었으니까.

─캐시먼이 어떤 사람인데. 아암, 이번에도 우리가 이득인 게 분명해!

└걔가 무슨 예언자냐? 작년에 많이 맞았으니까 이번엔 틀릴 때도 됐지. 사이 영 투수 감사요 :)

하지만 그들의 관심사는 곧 다른 곳으로 옮겨갔다.

〈뉴욕 양키스, 안방에서 또다시 블루제이스를 무릎 꿇리다!〉
〈김신, 멈출 줄 모르는 질주! 시즌 6연승! 통산 36연승!〉

일주일간의 원정 후 다시 돌아온 집에서.

김신이 35연승의 제물이었던 토론토 블루제이스에게 다시

금 절망을 선사했던 것이다.

심지어.

　—퀵 후크까지 하면서 아예 버려 버리기 ㅋㅋㅋㅋㅋㅋㅋㅋㅋ
ㅋㅋ 2회 초부터 패전 처리를 올리는 작전이 작전이긴 하냐?
　—작전은 맞지. 투수력 보존. ㅋㅋㅋㅋㅋㅋㅋㅋ 말하면서도 웃
기다.
　—난 어제 올라왔던 투수가 너무 불쌍해……. 진짜 보는 내가 다
마음 아프더라.

토론토 블루제이스의 존 기븐스 감독이 마이애미 말린스
와의 블록버스터급 트레이드로 영입했던 선발투수, 마크 벌
리가 초반부터 실점하자 과감히 그를 내리고 패전 처리용 투
수를 올리는 강수를 두면서 화제는 더욱 타올랐다.

　—마크 벌리는 이번 4연전 중에 또 나오긴 하겠네.
　—아마도? 그때는 어떻게 던질지 직관 예약요 ㅋㅋㅋㅋㅋㅋ

그런데 홈 10연전이라는 일 년에 한두 번 보기 어려운 긴
축제의 기분 좋은 시작에 팬들이 웃고 있을 무렵.
"당신…… 이 미스터 베츠의 에이전트입니까?"
"예, 무슨 문제라도 있습니까?"

캐시먼은 예상치 못한 방문을 받고 미간을 찌푸렸다.

평소라면 아직 채 성장도 못한 마이너 유망주의 에이전트라면 찾아오지도 못했을 양키스 단장 사무실에 아주 당당히 발을 들이민 남자는.

"이러다 정 들겠습니다, 아주?"

"하하, 그러게요."

점점 양키스에 없어서는 안 될 에이스가 되어 가는 사상 최고 유망주…… 아니, 현역 최고 투수의 에이전트.

"일단은 반갑습니다, 헤빈. 무슨 일로 오셨습니까?"

헤빈 디그라이언.

"피차 바쁘니 서면으로 대신하겠습니다. 이걸 참고해 주십시오."

점점 커지는 캐시먼의 눈동자를 바라보며 무키 베츠와 김신의 에이전트는 밝게 웃었다.

'이거…… 이거까지 의도한 거라면 나도 슬슬 무서워지는데.'

물론 속내는 조금 달랐지만.

헤빈 디그라이언의 의심과는 달리 김신은 무키 베츠 영입에는 손도 대지 않았고, 생각도 없었다.

공교롭게도 미국에 오면서 헤빈에게 줬던 쪽지 속 인물들 중 몇 명이 핀스트라이프를 입게 되긴 했지만, 애초에 그 쪽지는 헤빈만을 위해 건넸던 것.

결코 그들을 양키스로 모으려는 건 아니었다.

다만 신기하긴 했다.

'지금 무키 베츠는 2루수일 텐데…… 왜 영입했지?'

그의 의도와는 다르지만 점점 더 강력해지는 양키스의 미래에 대해.

'뭐, 원래도 더스틴 페드로이아 때문에 컨버전하긴 하니까 문제는 없겠다만.'

그리고 김신은 만지작거리던 카드를 재고하기 시작했다.

'이러면 드래프트에서 굳이 코디 벨린저를 건드릴 필요가 없나.'

코디 벨린저.

헤빈을 통해 캐시먼에게 넌지시 이름을 흘려 2013 드래프트에서 뽑도록 만들려고 했던 미래의 MVP 외야수.

어차피 그가 개입하지 않아도 뽑힐 애런 저지와 함께 5년 후 양키스의 외야를 책임질 카드를.

"흐음……."

그렇게 김신이 미래 라인업을 고심하고 있을 찰나.

띠리링—!

그의 전화기가 울었다.

주인공은, 재활 중이지만 멀리서도 양키스 선수단을 꽉 잡고 있는 존재감의 사나이.

"무슨 일이십니까, 캡틴?"

데릭 지터였다.

-여, 요즘 살벌하다며? 다들 네가 눈치 무서워서 오버 트레이닝을 하고 있다던데?

데릭 지터의 너스레에 김신은 자연스레 입가에 미소를 걸며 답했다.

"무슨 소리십니까, 그건 또. 게리가 그럽니까?"

-도둑이 제 발 저린다고 알긴 아는구먼. 그래, 산체스 녀석이 그러더라. 새로 합류한 오버베이가 네 포스에 혀를 내둘렀다고.

그 말에 오히려 김신이 혀를 내둘렀다.

'미친 친화력이다, 진짜.'

이적한 지 며칠 되지도 않은 라일 오버베이와 벌써 그런 얘기까지 나누는 게리 산체스의 인싸력에 대해.

또한.

'이 아저씨는 귀가 어디까지 있는 거야?'

집에 누워서도 팀 사정을 뻔히 꿰뚫고 있는 데릭 지터의 영향력에 대해.

그리고 김신이 사실을 입에 담았다.

"그게 왜 저 때문입니까? 캡틴이 DL 가기 전에 하도 숨

못 쉬게 해 놓고 가서 그런 거 아닙니까."

라일 오버베이의 생각은 반만 맞았다.

물론 김신의 영향력은 막대했다.

전승의 투수가 팀에 있으니 어찌 아니 그러할까.

하지만 고작 2년 차 김신의 영향력만으로 팀 분위기가 형성된다는 건 어불성설.

그 이면엔 데릭 지터라는 호랑이의 탈을 쓴 여우가 존재했다.

그의 손과 발이 되어 주는 브렛 가드너와 게리 산체스라는 새와 쥐 또한.

-무슨 소릴 하냐? 내가 뭘 어쨌다고.

"예, 예. 아무것도 안 하셨죠."

허나 한 가지.

김신도 착각하고 있는 요소가 있었다.

-이 자식이? 요새 많이 기어오른다?

그와 데릭 지터가 스스럼없이 나누는 대화만큼이나.

만 20세의 나이로 승리의 상징이자 에이스로 자리매김한 그의 영향력도 과거와는 천양지차라는 점.

그가 생각하는 브렛 가드너-게리 산체스로 이어지는 양키스 캡틴 계보는 이미 실현 불가능해졌다는 사실이었다.

"새삼스레 왜 그러십니까? 왜요. 옛날 스프링캠프 때처럼 라이브 피칭이라도 하시려고요?"

-오냐. 내가 낮기만 하면 아주 제대로 두들겨 주마.

"기대하고 있겠습니다."

그렇게 왕좌를 물려주려는 남자와 받을 거라고는 상상도 하지 않는 남자가 만담을 나눌 무렵.

띵동-!

김신의 호텔방을 울리는 벨소리가 그들의 망중한(忙中閑)을 끊어 냈다.

"가 봐야겠습니다. 약속이 있어서요."

-데이트냐? 좋을 때다~.

"……다른 사람은 몰라도 캡틴이 그런 말씀 하시는 건 진짜 이상한 거 아시죠?"

-아니? 모르겠는데?

"후…… 끊습니다."

-야, 야. 잠깐만! 내가 인생 선배로서 데이트 팁을…….

한숨과 함께 전화를 끊은 김신.

벌컥-.

"오셨습니까?"

그가 연 문 앞에는 익숙한 사람이 서 있었다.

평소와 다른 김신의 복장을 위아래로 훑어본 남자가 고개를 주억거렸다.

"잘 준비하고 계셨군요."

칼같이 떨어지는 김신의 슈트 핏을 바라보며 흡족히 웃는 남자는 헤빈 디그라이언.

뉴욕에 오자마자 캐시먼에게 놀람을 선사한 사나이였다.

남자가 보내는 호의에 찬 눈빛에 멋쩍어진 김신이 먼저 발을 움직였다.

"가시죠."

그 뒤로, 헤빈의 질문이 꼬리처럼 늘어졌다.

"정말 아무것도 안 하셨습니까?"

"당연하죠. 제가 무슨 보이지 않는 손입니까? 이번엔 맹세코 아무것도 안 했습니다."

"흐음……."

메이저리거는 원정 경기를 떠날 때 반드시 정장을 입어야 한다.

그러나 김신은 야구선수가 된 뒤로 정장을 입을 때마다 너무나 어색하다는 느낌을 지울 수 없었다.

신기하게도, 의사로 재직할 때는 추호도 느껴 보지 못한 그런 기분.

아무리 맞춤 정장을 입어도 맞지 않는 옷을 입고 있는 듯한 불편함을 느꼈다.

아니, 솔직히 얘기하자면 다른 옷들도 정도의 차이는 있지만 편하지 않았다.

유니폼만을 제외하면.

하지만 그렇다고 계속 유니폼만 입을 순 없는 일.

그래서 김신의 주변에는 항상 대체할 만한 물건이 있었다.

캐주얼을 입을 땐 모자를 많이 썼고.

그렇지 못할 땐 공이라도 가지고 다니며 그립을 쥐었다.

그렇게라도 해야 안정감을 느낄 수 있었으니까.

어쩌면 늦깎이 선수로서 항상 야구를 곁에 둬야 한다는 강박 관념일 수도 있겠으나.

김신은 그게 별로 싫지 않았다. 딱히 불편하지도 않았고.

그런 김신이 아무것도 없이 정장 차림에 예의를 갖춘다는 건, 한 가지 의미였다.

"오! 김신 선수! 반갑습니다! 너무 반가워요!"

"안녕하십니까, 김신입니다."

그가 불편함을 감내할 정도의 큰 사안일 것.

"아, 예. 제가 정신이 없었네요. 제 소개도 안 하고. 여기 제 명함입니다."

지금 이 회의실에서 체결될 계약이 바로 그러했다.

"아슬러 홍보 본부장님이셨군요. 반갑습니다."

"영광입니다. 이따가 혹시 실례가 안 된다면 사인 좀…….."

"물론이죠."

승리의 여신을 사명으로 삼는 스포츠 회사와 자웅을 겨루는 공룡 기업.

창업자의 애칭을 합한 사명을 가졌으며, 흰색 세 줄기 선을 상징으로 삼는 스포츠 브랜드 업계의 거물.

아슬러.

그들과의 광고 계약이 성사 단계에 있었던 것이다.

이미 수도 없이 주고받았지만, 마지막으로 계약서를 검토한 헤빈의 입에서 승낙의 말이 떨어졌다.

"좋습니다. 문제없군요."

"그럼……."

"예, 사인하시죠."

김신을 모델로 기용해 전설적인 팝스타가 만들어 냈던 기적.

콜라 업계 만년 2위가 부동의 1위를 단 한 순간이나마 넘어서게 만들어 줬던 기적을 이번에는 스포츠 업계에서 이루고자 하는 아슬러 측의 의사와.

인생의 무덤을 향해 가는 김신의 행보가 맞아떨어지는 순간이었다.

"여기도 부탁드립니다, 하하."

"그럼요. 뭐라고 써 드릴까요?"

"사랑스러운 캐시에게……로 부탁드립니다."

"오, 따님 애칭이 캐시인가요? 알겠습니다."

그리고 잠시 후.

"캐시, 바빠?"

-아니? 지금 좀 여유 있어. 왜?

아슬러 홍보 본부장의 자녀와 같은 이름을 가진 여자에게, 김신의 목소리가 당도했다.

"우리…… 같이 살까?"

데릭 지터가 알았더라면 극구 말렸을 이야기.

왠지 '쯧쯧. 아니, 굳이 왜 벌써?'라고 말하는 그의 한숨과 혀 차는 소리가 들리는 듯했다.

파워

불가능(不可能, Impossible).

가능하지 않다. 이뤄 낼 수 없다. 할 수 없다.

그런 부정적인 말들이 깨어지는 순간.

언더도그가 탑도그를 물어뜯고.

다윗이 골리앗을 쓰러뜨리고.

인간이 100미터를 9.5초에 달릴 수 있게 되는 찰나.

불가능이 가능으로 돌아서는 순간에 사람들은 환호한다.

어쩌면 희박한 확률을 뚫고 일이 성사됐을 때의 쾌감은 인간이 가진 본능일지도 모른다.

그러니.

"Kim will rock you—!"

종전의 기록을 한참이나 뛰어넘어.

매일매일 전설을 써 내려가고 있는 투수.

불가능이라는 단어에서 접두어를 밥 먹듯이 먹어치우는 투수의 경기에 관중이 몰리는 건 말해 봐야 입 아픈 소리였다.

"Kim will rock you-!"

뉴욕 양키스와 휴스턴 애스트로스의 3연전 중 2차전.

광기에 가득 찬 관중이 빼곡이 자리한 양키 스타디움의 높은 VIP룸.

얼마 전 김신과 광고 계약을 체결한 아슬러의 홍보 본부장, 모건 디위터는 오랜만에 만나는 딸과 함께였다.

"어떠냐, 캐시. 이 아비가 힘 좀 써 봤다. 저 아래서 보는 것보단 여기가 낫지 않느냐."

일과 가정, 두 마리 토끼를 잡지 못해 이혼하긴 했지만.

이미 서로 다른 가정을 꾸린 전부인은 몰라도 자신의 피를 받고 태어난 딸만큼은 그에게도 매우 소중했다.

야구를 좋아하는 딸을 위해 광고 모델에게 체면을 무릅쓰고 사인 볼까지 받아 올 만큼.

하지만 그의 바람과 달리 이제 장성한 딸은 시큰둥한 표정이었다.

"네, 좋네요."

민감하게 딸의 기분을 살피고 있던 모건 디위터는 고개를 갸웃거렸다.

'야구라면, 양키스라면 자다가도 벌떡 일어나는 앤데……'

자신의 명석한 두뇌를 물려받았는지 조기 졸업을 연속해 어린 나이에 의사가 되었지만.

전부인 집안의 가풍을 이어받아 야구라면 사족을 못 쓰는 게 자신의 딸, 캐서린이었으니까.

그러나 그런 딸아이는 이제 경기가 임박한 그라운드를 멍하게 바라보기만 할 뿐.

뭔가 다른 생각이 머릿속을 채운 듯 집중하지 못하고 있었다.

'병원에서 힘든 일이 좀 있었나?'

모건 디위터는 더 이상 꼬치꼬치 캐묻는 대신 고개를 그라운드를 향해 돌렸다.

오늘 양키스가 승리하고, 그 승리를 이끈 투수의 사인 볼을 준다면 딸의 기분이 풀릴 거라 생각했기 때문이었다.

'오늘도 꼭 이겨 달라고.'

김신과 양키스의 승리에 맞춰 방영 시작될 아슬러의 새 광고와 평소 같지 않아 보이는 딸의 기분을 위해.

모건 디위터가 김신에게는 별로 어렵지 않아 보이는 부탁을 전송했다.

그리고 잠시 후, 경기가 시작됐다.

[피처, 넘버 92! 김-! 신-!]

"와아아아아아아-!"

동시에 경기장을 떨어 울리는 이름에.

'그리고 보니 그도 팀닥터와 연애 중이라고 하던데.'

모건 디위터가 마운드에 선 오늘의 선발투수이자 소중한 광고 모델을 바라보며 전해 들었던 가십 거리를 떠올릴 무렵.

"······!"

그의 시야 밖에서, 사랑하는 딸의 눈동자에 빛이 돌아왔다.

헤빈 디그라이언이 발 빠르게 조치해 진실을 호도하고 몇 가지 연막으로 가려 두긴 했지만.

아슬러 홍보 본부장 위치에 있는 모건 디위터가 조금만 더 파고들었더라면 알 수 있었을.

김신이 지난 생 아슬러의 경쟁사와 계약하지 않았다면, 조금만 야구가 아닌 다른 데 관심이 있었다면 모를 수가 없었을 인연이.

[김신 선수. 초구!]

반짝였다.

1회 초.

홈팀의 선발투수로서 먼저 마운드에 오른 김신은 평소처럼 모자를 벗어 팬들에게 인사한 뒤, 공을 굴리며 상념에 잠겼다.

'휴스턴.'

그 대상은 휴스턴 애스트로스 자체.

이번 시즌 아메리칸리그 서부 지구로 자리를 옮긴 팀이자, 고강도의 리빌딩이 한창인 팀.

2011시즌에는 106패를, 2012시즌에는 107패를 기록한 약팀 중의 약팀.

오늘 경기장의 그 누구도 김신의 승리를 의심할 수조차 없게 만드는 팀.

하지만 김신의 마음속에 존재하는 휴스턴 애스트로스는 조금 달랐다.

[나우 배팅, 넘버 19. 로비 그로스맨]

조류나 인간을 포함한 포유류의 새끼는 머리만 숨기면 제 몸이 다 가려진다고 생각한다.

자신이 보지 못하면 남도 보지 못한다고 생각하는 거다.

많은 사람이 이러한 동물들을 보고 웃고, 아이들을 보고 귀여워한다.

그런데 아이러니하게도, 똑같은 행동을 하는 성인들이 있다.

그런 자들은 웃기지도 않고, 귀엽지도 않다.

역겨울 뿐.

김신에게 휴스턴 애스트로스라는 팀은 그런 놈들이었다.

'휴지통이라 불려도 싸지.'

별명처럼 휴지통을 두들겨 사인 훔치기 스캔들을 일으키

고, 월드 시리즈 트로피의 가치와 스포츠맨십을 쓰레기통에 처박은 장본인들.

'이번에도 그런다면…… 결코 좌시하지 않겠다.'

아직 벌어지지 않은 일이라 참고 있었지만.

절대로 좋게 볼 수 없는 팀의 유니폼을 입은 남자를 향해.

[로비 그로스만. 이번 시즌 데뷔한 루키입니다. 다만 양키스의 루키들과는 달리 아직 타율이 채 2할이 되지 않아요.]

[양키스에 우주의 기운이 몰린 거지, 원래 루키들이 잘하기가 어렵지 않습니까.]

[그렇긴 하지만 솔직히…… 말씀드리는 순간, 김신 선수 초구!]

김신이 왼팔을 휘둘렀다.

따악—!

언제나와 같은 바깥쪽 포심 패스트볼.

긴장에 먹혀 버린 로비 그로스만의 방망이가 이겨 내기엔 불가능한 공이었다.

[먹힌 타구! 김신 선수가 직접 처리합니다! 1루에서 아웃! 초구 땅볼 아웃으로 물러나는 로비 그로스만!]

[초구 땅볼! 타자 입장에서는 삼구삼진보다 더 끔찍한 결과죠. 김신 선수가 오늘도 순조로운 시작을 보입니다.]

허무하게 올라가 버린 아웃카운트.

순식간에 차례를 맞이한 대기 타자가 타석에 섰다.

[호세 알투베, 이번 시즌 휴스턴 애스트로스를 이끄는 타자가 타석에

섭니다.]

[양키스 루키들처럼 우주의 기운을 받은 루키죠.]

[하하, 확실히 미래가 기대되는 선수긴 하죠.]

호세 알투베.

휴스턴 애스트로스가 저지른 사인 훔치기의 최대 수혜자.

방금 초구 땅볼 아웃으로 물러난 로비 그로스만과 달리 적극적으로 부정을 저지르고 애런 저지가 받았어야 할 MVP를 훔쳐 간 도둑놈.

'당연히 기본적인 실력은 있겠지만……'

김신의 눈빛이 서늘해졌다.

글러브를 바꿔 낀 김신의 왼발이 마운드를 짓이겼다.

부우웅-!

[헛스윙! 바깥쪽으로 빠지는 슬라이더가 호세 알투베 선수의 방망이를 외면합니다!]

그 짧은 방망이로 닿기에는 어림없다는 듯 바깥쪽으로 휘어져 나가는 프리즈비 슬라이더.

뻐엉-!

"스트라이크!"

[이번엔 포심이었습니다! 호세 알투베 선수, 휘두르지 못하면서 0-2! 순식간에 매치 포인트가 됩니다!]

비슷한 코스지만 쭉 뻗어 미트에 틀어박히는 포심.

부우웅-!

"아웃!"

[스윙 앤 어 미스! 이번엔 체인지업이었습니다! 삼구 헛스윙 삼진으로 물러나는 호세 알투베!]

마찬가지로 바깥쪽이지만 이번에는 안쪽으로 휘어 들어오는 서클 체인지업.

[애스트로스에서 요즘 가장 뜨거운 타자를 상대로 김신 선수가 그야말로 벽을 보여 줍니다!]

오연하게 마운드에 선 김신이 호세 알투베를 상대로 턱을 들어 올렸다.

그리고 다음 순간.

따악-!

[높이 뜹니다! 내야를 벗어나지 못할 듯! 2루수 매니 마차도 자리를 잡고…… 잡아냅니다! 스리아웃! 맙소사! 김신 선수가 공 5개로 1회를 정리합니다!]

1회 초가 끝나 버렸다.

채 4분이 되기도 전에.

1회 말, 양키스의 공격을 방어하는 휴스턴 애스트로스의 선발은 댈러스 카이클.

빠른 공이 주류를 이루는 시대에 제구력과 땅볼 유도로 사이 영을 수상했던 뛰어난 투수였다.

[댈러스 카이클, 브렛 가드너를 상대합니다.]

하지만 아직은 2013년.

그가 싱커를 장착하고 날아오르기 전.

따악-!

[쳤습니다! 이 타구가 3유간을…… 관통합니다! 브렛 가드너의 선두 타자 안타!]

골든크로스 절정에 자리 한 브렛 가드너를 막아 내기엔 역부족이었다.

[1회 초 휴스턴 애스트로스 선수들처럼 과감한 초구 스윙을 가져간 브렛 가드너 선수. 하지만 결과는 전혀 달랐습니다.]

[요즘 브렛 가드너 선수의 초구 스윙 비율이 상당히 높아요. 아주 자신감에 차 있습니다.]

다음 타자는 스즈키 이치로.

따악-!

[기습 번트! 3루 라인을 따라 흐르는 타구! 3루수 맷 도밍게즈 1루로……!]

"세이프!"

군데군데 녹은 슬었지만 아직 죽지 않은 그의 빠른 발이 1루를 훔쳐 냈다.

[세이프입니다! 스즈키 이치로의 기습번트 성공! 무사 1, 2루가 됩니다!]

경기 시작부터 찾아온 위기에 댈러스 카이클이 신중하게

투구를 이어 갔다.

하지만 뉴욕 양키스의 3번 타자는.

뻐엉-!

그 신중한 승부에 누구보다 자신 있는 남자.

추신서였다.

[베이스 온 볼스! 추신서 선수가 결국! 결국 골라냅니다! 무사 만루! 1회부터 양키스에게 엄청난 기회가 찾아옵니다!]

VIP룸의 캐서린 아르민이 부들부들 떨리는 주먹을 애써 의자에 붙였다.

'설마 여기서 또…….'

핀스트라이프를 입은 홈 팬들이 욕설을 씹어뱉었다.

"젠장! 이럴 때 하필 왜……!"

"아니야, 그래도 무사잖아. 1점은 내겠지."

오늘 뉴욕 양키스의 4번 타자는 공교롭게도 요즘 양키스에서 가장 팬들의 욕을 많이 먹는 남자.

[나우 배팅, 넘버 14! 커티스, 그랜더슨!]

커티스 그랜더슨이었으니까.

그리고 커티스 그랜더슨이 팬들의 우려를 현실화했다.

따악-!

[끌어당긴 타구! 3루수 잡고! 3루 밟고!]

댈러스 카이클의 투심을 건드린 공이 내야에 바운드를 일으키며 3루수에게 배달됐고.

[2루 거쳐 1루에서……!]

생각지도 못한 여유로움으로 2루를 지나 1루까지 도달했다.

[아웃입니다! 아웃! 트리플 플레이! 여기서 트리플 플레이가 나옵니다!]

삼중살(三重殺).

무사 만루에서 단 한 점도 뽑아내지 못하는 굴욕.

"우우우우우우-!"

"야, 이 개새끼야! 거기서 어떻게……!"

"조 지라디, 이 병신아! 도대체 왜 저 미친 새끼를 물고 빠냐! 뭐 약점이라도 잡혔냐!"

고개 숙인 커티스 그랜더슨에게 향하는 팬들의 살인적인 야유와 함께 경기장 안으로 분노를 담은 물통과 휴지가 날아들었다.

"……."

그를 믿어 주던 조 지라디 감독의 한 가닥 남은 신뢰마저 불안정하게 흔들렸다.

그러나 원래라면 호수비 뒤 상대의 바짝 불타는 방망이를 우려해야 하는 상황에서.

"홀리 싯!"

"F×cking!"

양키스 팬들은 분노만 표출할 뿐 걱정은 하지 않았다.

저벅- 저벅-.

분위기 따위로는 결코 넘지 못할 투수가 그라운드에 발을 디뎠다.

따악–!

[중견수 스즈키 이치로, 가볍게 처리! 김신 선수가 공 하나로 또 아웃 카운트를 올립니다!]

[오늘 휴스턴 애스트로스 선수들이 다들 바깥쪽 초구에 과감한 스윙을 가져가고 있습니다. 그런데 결과가 영 좋지 않아요. 포심을 건드리면 범타가 되고, 포심이 아니면 헛스윙으로 카운트를 헌납하는 결과가 나오고 있습니다. 이러면 좋지 않습니다, 휴스턴. 좀 더 신중할 필요가 있어요.]

[맞습니다. 오늘 상당히 공격적인 스탠스를 취하고 있는데, 이대로는 김신 선수에게 도움만 주는 꼴입니다.]

휴스턴 애스트로스 타자들에게.

따악–!

[유격수 정면!]

1루가 허락되지 않았다.

[1루에서 넉넉하게 아웃! 투아웃입니다!]

또 다른 불가능을 향해 거침없이 걸어가는 정복자의 발소리가 울려 퍼졌다.

뻐엉–!

야구 경기를 끝내기 위해서는 27개의 아웃 카운트가 필요하다.

대부분의 선발투수는 혼자서 해내지 못하며.

따라서 팀이 경기를 끝내기 위해서는 선발투수를 도와줄 수 있는 불펜 투수라는 보직을 필요로 한다.

그런데 가끔, 그 아웃 카운트를 선발투수 혼자서 만들어 내는 경우가 있다.

점수를 좀 내주긴 하더라도, 어쨌든 한 명의 투수가 혼자 힘으로 27명의 타자를 돌려세우고 경기를 마무리하는 것.

우리는 그걸 완투라고 부른다.

당연히 완투는 어렵다.

한 시즌에 약 2,500경기를 치르는 메이저리그에서도 평균 적으로 100개를 조금 상회하는 정도다.

심지어 이 개수는 피칭과 타격 기술이 발전하면 발전할수 록 점점 떨어져 50개 미만까지 폭락하게 된다.

헌데 심지어 한 명의 투수가 27개의 아웃 카운트를 잡는 동안 한 점도 주지 않는다는 건 어떻겠는가.

말할 것도 없이 더욱 어렵다.

완봉이라 부르는 이 업적을 평생 동안 달성하지 못하는 선 발투수가 수두룩 빽빽일 정도로.

그렇다면 한 점도 주지 않는 수준이 아니라 안타를 하나도 허용하지 않는 건?

더더욱 어렵다.

안타도, 실책도, 볼넷조차도 한 개도 내주지 않고 9이닝 동안 1루 베이스에 흙이 닿지 않도록 하는 건?

더더더욱 어렵다.

이쯤 되면 가능보다는 불가능에 가깝다.

하지만 불가능을 가능으로 만드는 남자들은 대대로 존재했고.

우리는 그들의 업적을 기려.

퍼펙트게임(Perfect Game).

완벽한 경기라고 칭송한다.

그 영광을 거머쥔 남자는 22명.

마찬가지로 역사에 남은 경기 수도 22개다.

바로 여기서 의문이 생긴다.

퍼펙트게임이 불가능하지 않다는 건 역사를 살펴보면 알 수 있는데.

그러면 한 사람이 두 번의 퍼펙트게임을 기록하는 것도 가능한 일 아니냐.

맞다.

가능하다.

그러나 메이저리그 140년 역사 동안 단 한 명도.

근접한 적은 수 번 있어도 결국 두 번의 퍼펙트를 기록한 선수는 없었다.

즉, 확률적으론 불가능하지 않지만 통계적으론 불가능한

일.

그것이 한 선수가 두 번의 퍼펙트를 기록하는 일인 것이다.

2013년 4월 30일.

뉴욕 양키스와 휴스턴 애스트로스의 2차전.

뻐엉-!

"스트라이크아웃!"

그 불가능에서 '불(不) 자'를 떼어 버릴 가능성이 가장 높다 평가받는 남자가 마운드에서 공을 뿌렸다.

[삼진! 김신 선수, 2회 초를 삼진으로 마무리합니다! 삼자범퇴!]

[타오르려던 휴스턴 애스트로스의 기세에 찬물을 끼얹어 버리네요.]

물론 김신은 21번째 퍼펙트게임의 주인공이지만, 데뷔전에 기록한 그 한 번 이후 아직까지 한 단계 낮은 노히트노런도 기록하지 못했다.

완봉을 누구보다 많이 거둔다는 걸 생각했을 때, 몇몇 전설적인 투수들이 퍼펙트를 달성하고도 몇 번의 노히트노런을 만들어 냈던 데 비하면 아쉬운 결과다.

시그니처처럼 돼 버린 초구 바깥쪽 포심 때문일 수도.

원체 공격적이고 득점 지원 아래에선 더욱 공격적이 되는 성향 때문일 수도.

개인의 기록보다는 팀의 승리를 더 중요하게 생각하는 마인드 때문일 수도 있다.

하지만 그렇다고 팬들은 욕하거나 실망하지 않았다.

오히려 계속된 좌절에도 끝없이 눈동자를 빛내며 김신의 손끝을 지켜봤다.

김신이 이미 수많은 기록을 갈아치우고 있기 때문에?

아니.

"캬, 오늘도 죽여주는구먼!"

"미트 소리만 봐도 알지. 이게 옳게 된 야구 아니겠어?"

"그럼, 그럼! 오늘도 아직 '그걸' 하고 있지? 진짜 조만간 이겠어."

"시간문제지."

시간. 김신에게는 아직 시간이 많이 남아 있었으니까.

타이밍이 문제일 뿐, 그가 언젠가 해낼 거라고 믿어 의심치 않았으니까.

심지어 오늘은 지난 퍼펙트게임보다, 가장 아까웠던 삼진 기록을 경신했던 그때보다 더 추이가 좋았다.

주제도 모르고 공격적인 스윙을 남발하는 휴스턴 애스트로스 타자들의 도움으로 김신의 투구 수는 억제되고 있었고.

금상첨화로 상대 타선은 리그 최하라 봐도 과언이 아니었다.

거기에.

따악-!

[매니 마차도! 우중간을 폭격합니다! 매니 마차도의 적시타로 앞서 나가는 뉴욕 양키스!]

[이 1점이 정말 크죠. 오늘 같은 경기에서는요.]

게리 산체스-조시 도널드슨-매니 마차도로 이어지는 양키스의 중하위 타선이 일찌감치 승리의 발판까지 마련해 뒀으니.

"어쩌면 오늘……?"

넘어져도 다시 일어나는 오뚝이처럼.

팬들의 기대가 절정에 달하는 것도 이상한 일은 아니었다.

빠엉-!

이번에야말로 그 부푼 가슴을 충족시켜 주겠다는 듯이.

빠엉-!

연신 게리 산체스의 포구음이 총성과 같은 굉음을 내며 양키 스타디움을 채웠다.

사건이 시작된 건 5회 초였다.

따악-!

[높이 뜹니다! 좌익수, 중견수 대시!]

휴스턴 애스트로스의 6번 타자, 릭 안킬의 타구가 외야로 향했다.

죽었다 깨어나도 담장을 넘어갈 수 없는, 특이한 점이라곤 낙구 위치가 좌익수와 중견수 수비 범위가 겹치는 지점이라는 것뿐인 평범한 플라이성 타구.

5회 정도까지는 심심치 않게 퍼펙트게임을 기록하곤 하는 김신이었기에 충분히 준비가 되어 있는 양키스 야수들이 긴장감에 실수를 저지른다는 것도 어불성설이었다.

그런데.

[중견수, 좌익수, 중견수, 좌익수…… 좌익수 브렛 가드너가 잡아냅니다! 스리아웃! 승리 투수 요건을 획득하는 김신 선수! 오늘도 연승은 깨질 기미가 보이지 않습니다!]

최악의 경우라도 노 디시전 이상을 획득한 김신에게 박수를 보내려던 해설진과 팬들의 시선이 그라운드로 향했다.

[엇! 스즈키 이치로! 스즈키 이치로 선수가 주저앉아 있습니다! 이게 무슨 일인가요?]

팬들뿐 아니라 양키스 관계자들의 가슴에 파문이 일었다.

[아, 곧바로 일어나는 스즈키 이치로! 하지만 불편한 듯 걸음걸이가 정상적이지 못합니다.]

[느린 화면이 좀 나와 줬으면 좋겠는데요. 아, 마침 나오는군요.]

한마음 한뜻으로 슬로비디오가 재생되는 전광판으로 향한 시선들.

[음…… 느린 화면으로 봐도 별다른 건 없는데요. 무슨 일일까요?]

[가벼운 근육 경련일 가능성이 가장 높고, 그다음은 가벼운 염좌 정도일 거 같습니다. 아무리 자기 관리가 뛰어난 선수라지만 나이는 속일 수 없으니까요.]

[아하, 그렇군요. 부디 큰 부상이 아니길 바랍니다.]

다행히도 별다른 부상 장면이 노출되지 않았기에 팬들은 가슴을 쓸어내렸지만.

조 지라디 감독만큼은 그럴 수 없었다.

"아무래도 교체하는 게 좋겠습니다. 심하진 않아도 계속 뛰다가는……."

경과를 보고해 오는 수석 코치의 말에 조 지라디 감독이 즉각 결단을 내렸다.

"어쩔 수 없지. A-rod를 지명 타자로 세우고, 그랜더슨을 중견수로 옮기지."

"알겠습니다."

지난 시즌 중반까지, 이후에도 몇 번이고 중견수 글러브를 들었던 커티스 그랜더슨이기에 당연한 조치.

그러나 최근의 부진에 이미 멘탈이 너덜너덜해져 있는 데다.

퍼펙트게임만큼은 아닐지라도 극히 드문 삼중살, 트리플 플레이를 헌납했으며.

따악-!

[잘 맞은 타구! 아, 이 타구가 유격수에게 걸립니다! 마윈 곤잘레스의 멋진 호수비!]

[커티스 그랜더슨 선수에게는 운까지 따르지 않네요.]

이후로도 소득 없이 범타와 삼진으로 물러난 커티스 그랜더슨은 빈말로도 정상이라고 할 수 없는 상태였다.

그런 상황에서 맞이한 7회 초.

따악―!

[우중간! 멀리 뻗지 못합니다! 중견수와 우익수가 뛰어갑니다!]

공교롭게도 이번엔 우익수 추신서와 중견수 커티스 그랜더슨의 수비 범위가 겹친 타구.

[중견수 커티스 그랜더슨, 자리를 잡습니다!]

하늘을 향해 들었던 커티스 그랜더슨의 시야가 순간적으로 흔들리고.

[어엇! 공 잡지 못합니다! 공 잡지 못했어요! 주자가 1루를 밟습니다! 이게 무슨 일인가요! 말도 안 되는 실책이 나왔습니다!]

[아…… 기록상으로는 중전 안타가 되겠지마는……. 이건 정말 해서는 안 될 실수였습니다, 커티스 그랜더슨!]

[김신 선수의 퍼펙트게임 도전이 7회 초에서 멈춰섭니다!]

땅바닥에 떨어진 공과 함께.

마침내 커티스 그랜더슨의 멘탈이 나락으로 떨어져 내렸다.

"Oh my……."

"이런 개자식아! 그것도 못 잡는 게 메이저리거냐! 당장 때려치워!"

"@^$%^*&$(*!_0$!!"

-아…… ㅋㅋㅋㅋㅋㅋㅋ 저딴 새끼가 메이저리거라고? 우리 팀 중견수라고? ㅋㅋㅋㅋㅋㅋㅋㅋ 코미디도 이런 코미디가 없네.

-×발, 잠이 확 깨네.

-저 새끼가 조 지라디 섹스 비디오 가지고 있다에 한 표.

└두 표.

└세 표.

온라인과 오프라인을 가리지 않고 입에 담기 어려운 원색적인 비난들이 쏟아져 내렸으며.

그에 비례하는 오물들이 그라운드로 날아들고, 소수 관중들의 난동으로 경기까지 중단되는 사태가 벌어졌다.

"Son of b×tch-!"

조신하게 VIP룸에 앉아 있던 처녀 또한 가면을 집어던졌다.

하지만.

뻐엉-!

가장 화를 내야 마땅한 남자는.

뻐엉-!

언제나 과거보다는 미래를, 어두운 면보다는 밝은 면을 볼 줄 아는 불가사의한 사내는.

'아직 기회는 많아.'

누군가에게 미친놈이라 연거푸 칭송받은 멘탈을 자랑할

뿐이었다.

"내 저럴 줄 알았지."

경기를 지켜보던 데릭 지터의 헛웃음이 흩어져 내렸다.

뻐엉—!

"스트라이크아웃!"

[경기 끝났습니다! 델린 베탄시스가 시즌 두 번째 세이브를 올리면서 양키스의 승리를 확정짓습니다!]

경기가 종료된 후.

〈오늘도 이겼다! 김신, 37연승 달성!〉

〈전설을 써 버려가는 김신! 그 끝은 어디인가!〉

가장 먼저 스포츠란을 채운 기사는 물론 현재진행형인 김신의 대기록이었으나.

곧 작성될 뻔한 대기록을 날려 버린 선수에 대한 가십이 그 자리를 밀어냈다.

〈동료의 손에 깨진 퍼펙트!〉

〈삼중살, 그리고 드롭 더 볼! 하루 만에 양키스에 무슨 일이?〉

아직 집을 구하지 못해 머물고 있는 김신의 호텔 방에서도 마찬가지였다.

"축하해, 자기. 오늘도 정말 고생했어. 정말정말 고생했어."

"고마워. 자기가 해 주는 축하가 제일 기분 좋다."

승리에 대한 축하를 건네기도 잠시.

김신의 눈치를 보던 캐서린이 천천히 시동을 걸고.

"근데! 그 자식은 도대체 왜 그런대? 개인적으로 무슨 문제라도 있어? 어떻게 그럴 수가 있어!"

"어…… 내가 아는 한에서는 개인적 문제는 없긴 한데, 정확히는 모르지."

"하! 왜 그러는지 물어나 봐. 진짜 뭐 없이는 그럴 수가 없는 거야. 내가 진짜 어이가 없어서……."

그녀의 흥분에 찬 소프라노 목소리가 김신의 호텔 방을 가득 채웠다.

"진정해, 캐시. 난 괜찮아. 별일 아냐. 그럴 수도 있지."

"자긴 사람이 너무 착해서 문제야. 물론 그것도 섹시하고 매력적이긴 한데, 그래도 이런 건 다른 투수들처럼 면박도 좀 줬으면 좋겠어."

"하하……."

"후…… 미안해. 내가 너무 열 냈지? 근데…… 아, 진짜 아무리 생각해도 너무 이해가 안 가. 감독님은 왜 계속 기용하시는 거래? 저따위로 하는데?"

"음, 그래도 지난 시즌 홈런왕 경쟁까지 했던 타자잖아. 그래서 믿어 보시는 거 아닐까?"

"하……."

그를 위해 대신 화내 주는 캐서린을 끌어안으며.

김신의 심유한 시선이 뉴욕 양키스의 센터 필드로 향했다.

'기록이야 그렇다 쳐도, 앞으로가 문젠데…….'

원 역사에선 공에 손목과 손가락을 얻어맞는 연속적인 부상으로 2013시즌을 날려 버리고.

뉴욕 메츠로 이적한 이후엔 천천히 몰락해 간 타자, 커티스 그랜더슨.

오늘 멘탈에 심대한 타격을 입었던 그가 이번 시즌 아무런 도움 없이 반등할 수 있을지.

미래를 바꿀 수 있을지.

'이번에 바닥을 찍었을 테니 오히려 가능하려나. 아니면 캡틴한테 연락해 봐야 하나. 그것도 아니면……'

캐서린의 등을 쓰다듬으며 양키스 맞춤 만병통치약이 달그락거리고 있을 찰나.

"참, 까먹고 있었네."

"응?"

김신의 품에서 떨어진 캐서린이 가방에서 낯익은 무언가를 꺼냈다.

그의 사인이 선명한 사인 볼.

"이거, 자기가 사인한 거야?"

캐서린이 내미는 공에서 자신의 필체를 확인한 김신이 고개를 갸웃거렸다.

'사랑스러운 캐시에게? 이거 얼마 전에 그거 아닌가? 아슬러?'

아슬러 홍보 본부장에게 줬던 사인 볼이 분명해 보였기 때문.

'뭐지?'

결론을 내지 못한 김신이 입을 열었다.

"맞는 거 같은데? 어디서 났어? 자기한테 준 게 아닌 거 같은데…….."

그리고 당연하다는 듯한 캐서린의 충격 발표가 이어졌다.

"오늘 아빠가 주던데?"

"……?"

아슬러에게 오래도록 함께할 천군만마 같은 우방이 생기는 순간이었다.

김신이 아슬러 홍보 본부장 모건 디위터가 어릴 적 이혼으로 떨어졌던 캐서린의 친아빠였다는 충격적인 진실을 접하고 있을 시각.

-불가능? 그건 아무것도 아니야.

한쪽에선 아슬러의 새 광고가 게재되고.

-인증한다. 내가 다시 사나 봐라.

한쪽에선 커티스 그랜더슨의 유니폼 화형식이 개최되고
있을 시각.

몇 시간 전의 폭발적인 열기는 흔적도 없이 사라지고, 을
씨년스러운 분위기가 감도는 양키 스타디움에.

유니폼 대신 살아남은 남자가 우두커니 서 있었다.

콰드득-!

그의 손에 잡힌 배트에서 나무 으스러지는 소리가 들리고.

파앙-!

배팅 머신에서 공이 쏘아졌다.

몇 시간 전과는 달리 커티스 그랜더슨의 배트가 공을 쪼갤
듯이 후려쳤다.

따악-!

우측 상단.

깔끔하게 잡아당긴, 실제였다면 양키스의 짧은 우측 담장
을 넘기에 충분했을 타구를 바라보며.

"후우……."

커티스 그랜더슨이 방망이를 늘어뜨렸다.

해결할 길 없는 의문이 그의 입에서 흩어져 내렸다.

"왜……!"

몇 달 전과 달라진 건 아무것도 없었다.

40개가 넘는 홈런을 때려 내며 나날이 몸값이 고공 행진하던 그때와.

커티스 그랜더슨의 방망이가 다시 버튼을 눌렀다.

따악-!

이번엔 좌측 상단으로 시원스레 뻗어 나가는 타구.

커티스 그랜더슨이 신경질적으로 버튼을 터치했다.

따악-!

중앙.

따악-!

우측.

따아-!

좌측.

전혀 문제가 없었다.

그의 육체는 여전히 강건했고, 그의 스킬은 완성에 가까웠다.

그런데 왜.

투욱-!

커티스 그랜더슨의 손에서 방망이가 떨어져 내리고.

그의 몸이 무너져 내렸다.

"도대체 왜-!"

포스트시즌에서 부진하기 시작했을 때.

물론 엿 같긴 했지만 금방 해결될 거라 생각했다.

어쨌든 팀이 우승하지 않았나.

괜찮다.

그저 큰 경기 경험이 적어서 그런 것일 뿐, 시즌이 시작되면 괜찮아질 거다.

내년 가을에는 다른 모습을 보여 줄 수 있을 거다…….

이후 시범 경기에서 부진했을 땐, 아직 몸이 완성되지 않았기 때문이라 여겼다.

실제로도 그러했으니까.

하지만 4월, 이제 5월이 되도록 그의 부진은 끝날 줄 몰랐고.

오늘의 삼중살과 김신의 퍼펙트를 깨뜨리는 수비 실수는 커티스 그랜더슨을 막장으로 몰아넣었다.

김신에게는 미안했고.

비슷한 상황에서 펄펄 나는 브렛 가드너와 추신수가 부러웠으며.

지금까지 달려온 길이 잘못된 건가 혼란스러웠다.

커티스 그랜더슨이 자신의 손을 내려다보며 침묵에 잠겼다.

그리고 어둠 속에 숨어 그 모습을 바라보던 남자, 브렛 가드너 또한 같은 침묵에 잠겼다.

"……."

지금 나가서 어깨라도 두드려 줘야 하나?

아니야, 내가 보고 있었다는 걸 알게 되면 오히려 역효과가 아닐까?

짧은 순간 많은 생각이 브렛 가드너의 머릿속을 채웠다.

그러나 아무리 생각해도, 아무리 친하다고 해도.

비슷한 경력에 얼마 전까지 절대로 낫다고 할 수 없는 성적을 기록하던 그의 말이 씨알도 먹힐 것 같지 않았다.

'캡틴이라면…… 어떻게 했을까.'

그때였다.

브렛 가드너가 등지고 있던 통로 쪽에서 소리가 들렸다.

딱- 딱-.

평범한 발걸음 소리라기엔 이상한, 무게감 있는 끊어지는 소리.

병원에서나 들어 볼 법한, 마치…….

목발 소리.

고개를 돌린 브렛 가드너의 눈이 화등잔만 하게 커졌다.

지금쯤 병원에 있어야 할 남자의 얼굴이 보였으니까.

"캡……!"

"쉿."

자유로운 오른손을 입술에 올려 브렛 가드너의 외침을 막은 남자.

양키스의 캡틴, 데릭 지터가 브렛 가드너의 옆을 스쳐 지나갔다.

"걱정 말고 들어가 있어, 키드."

"……."

하지만 들어가란다고 냉큼 들어갈 순 없는 일.

브렛 가드너는 적막한 가운데 울리는 작은 소란에 이쪽을 바라보는 커티스 그랜더슨과 그를 향해 한 발짝, 한 발짝 걸어가는 데릭 지터의 뒷모습을 지켜보았다.

유니폼과는 다른, 환자복의 핀스트라이프 위에 익숙한 숫자가 보이는 듯했다.

다음 날.

2013년 5월 1일.

뉴욕 양키스와 휴스턴 애스트로스의 3차전.

〈스즈키 이치로, 경미한 발목 염좌로 일주일 DL!〉

스즈키 이치로의 짧은 공백 덕에 커티스 그랜더슨은 여전히 양키스 외야의 중앙에 서 있을 수 있었다.

[웰컴 투 메이저리그! 여기는 뉴욕 양키스와 휴스턴 애스트로스의 3차전 경기가 열리는 양키 스타디움입니다! 깔끔한 스윕으로 시리즈를 마무리하려는 양키스와 전패만은 면하려는 애스트로스가 맞붙습니다!]

경기가 임박한 일촉즉발의 순간.

좌측 외야에 자리한 브렛 가드너는 왼쪽으로 고개를 돌려 알 수 없는 표정의 커티스 그랜더슨을 확인했다.

'무슨 대화를 했을까?'

거리가 멀어 제대로 들리진 않았지만, 어젯밤 데릭 지터와 커티스 그랜더슨은 꽤 오랜 시간 대화를 했다.

마지막엔 잠자코 듣던 커티스 그랜더슨이 상당히 흥분하는 모습까지 보였었다.

'지금은 별일 없어 보이긴 하는데……'

과연 캡틴이 무슨 말을 했을지.

커티스 그랜더슨은 왜 흥분했던 건지.

그게 오늘 경기와 앞으로 시즌에 어떤 영향을 끼칠지.

브렛 가드너는 궁금했다.

그 결과를 확인할 기회는 금세 찾아왔다.

따악-!

[쳤습니다! 센터 필드! 큼지막한 타구!]

1번 타자 로비 그로스만을 삼진으로 돌려세운 뒤.

양키스의 2선발 필 휴즈가 2번 타자 호세 알투베에게 큼지막한 타구를 허용한 것.

중앙 담장까지 치닫는 그 타구를 향해 커티스 그랜더슨이 질주했다.

그리고.

[다이빙ㅡ! 잡아냅니다! 커티스 그랜더슨! 1회 초부터 어제의 안 좋은 모습을 지워 내는 호수비를 펼칩니다!]

[어제 데릭 지터에게서 회초리를 좀 맞았나요? 좋은 집중력, 좋은 수비였습니다.]

[데릭 지터 선수는 지금 병원에 있지 않습니까? 회초리를 때리려야 때릴 수가 없죠.]

[아, 그렇죠, 참. 그럼 김신 선수가 때렸을까요?]

[에이, 무슨 말씀을 하십니까? 아무리 김신 선수라도 2년 차인데요.]

[흠, 저는 충분히 가능하다고 봅니다만.]

어려운 타구를 다이빙까지 해 가며 처리한 뒤.

어떤 제스처나 파이팅도 없이 일어나 별일 아니라는 듯 가슴의 흙을 털어 내는 커티스 그랜더슨.

브렛 가드너가 고개를 주억거렸다.

'일단 집중력은 무서울 정도군.'

평소와 달리 상당히 차분한 모습이긴 하지만 그 눈동자 안에는 확실히 타오르는 무언가가 보였다.

브렛 가드너의 기대감이 타격으로 향했다.

그러나 2회 말.

따악—!

[높이 뜹니다! 중견수 로비 그로스만. 자리를 잡고 기다립니다! 그리고, 캐치! 송구는…… 던지지 못합니다! 3루 주자 홈인! 커티스 그랜더슨의 희생플라이!]

[안타 생산에는 실패하긴 했지만 그래도 타점은 올려 주네요.]

7번 타자로 나선 커티스 그랜더슨의 방망이는 여전히 맥아리가 없었다.

비단 2회 말뿐 아니라 경기 내내 유의미한 결과를 만들어 내지 못했다.

〈다시 시동을 거는 양키스! 토론토에 이은 휴스턴전 스윕으로 7연승 달려!〉

〈양키스 연승 속 옥에 티, 커티스 그랜더슨의 7경기 무안타!〉

─야, 이제 우리 팀에 두 번째 수비형 야수가 생긴 거 같지 않냐?

ㄴㅋㅋㅋㅋㅋㅋㅋㅋㅋㅋㅋㅋㅋㅋㅋ 맞말추.

기자들도, 팬들도 그런 커티스 그랜더슨의 부진을 꼬집었다.

그럼에도.

'도대체 무슨 말을 한 거지?'

그 눈동자 속에 불꽃은 여전히 활활 타올랐다.

앞으로 일주일.

스즈키 이치로가 돌아오기 전까지 커티스 그랜더슨에게
남은 시간.

"흐음……."

뭔가 터질 것 같은 직감에 브렛 가드너가 매끈한 턱을 쓰
다듬었다.

브렛 가드너의 직감은 틀린 듯했다.

오클랜드 애슬레틱스와의 3연전.

커티스 그랜더슨은 여전했다.

따악-!

[먹힌 타구! 내야를 뚫어 내지 못합니다! 유격수 아담 로잘레스 1루
로…… 아웃입니다!]

방망이를 짧게 잡으며 콘택트에 집중하는 듯했지만 결국
스즈키 이치로만 못했고.

뻐엉-!

"스트라이크아웃!"

[루킹 삼진! 바톨로 콜론 투수에게 맥을 못 추는 커티스 그랜더슨!]

공을 고르며 신중하게 승부하려는 듯도 보였으나 선구안
은 추신서를 따라가지 못했다.

따악-!

[기습 번트! 하지만 3루수의 대시가 빠릅니다! 앤디 패리노, 1루 송구! 판정!]

[느렸어요.]

[아웃입니다! 커티스 그랜더슨, 기습 번트까지 시도해 보지만 결국 1루를 밟지 못합니다!]

기교를 사용했음에도 발은 브렛 가드너에 미치지 못했다.

따악-!

[라인드라이브! 아! 이 공이 3루수 글러브에 걸립니다! 앤디 패리노의 멋진 수비! 커티스 그랜더슨, 직선타 아웃으로 물러납니다.]

따악-!

[좌측! 큽니다! 하지만 더 이상 뻗지 못할 듯! 좌익수 세스 스미스, 잡아냅니다! 좌익수 플라이로 물러나는 커티스 그랜더슨!]

3차전이 돼서야 좀 풀리는 듯도 했지만 기어코 야수들에게 걸리고 말았다.

따악-!

[우측 담장, 우측 담장, 우측 담장…… 넘어갑니다! 앤드루 존스! 작년 초만 해도 양키 스타디움의 우측 담장 앞에 서 있던 선수가 그 우측 담장을 넘겨 버립니다!]

심지어 오히려 오클랜드로 떠나보냈던 백업 외야수, 앤드루 존스가 커티스 그랜더슨보다 더 매서운 방망이를 뽐내면서 팬들의 조롱이 이어졌다.

〈커티스 그랜더슨, 10경기 무안타! 극도의 부진!〉

-진짜 가관이다, 가관이야. 앤드루 존스 말고 얘를 보냈어야 했네.
-이제 편히 쉬게 해 주자. 추하다.

팬들뿐 아니라 조 지라디 감독의 신뢰도 완전히 무너져…….
[뉴욕 양키스. 핀치 히터. 넘버 40! 토마스 닐!]
평소라면 절대로 출전할 수 없었을 백업의 백업.
토마스 닐에게까지 출전 기회가 돌아갈 정도였다.

〈오클랜드 애슬레틱스! 막강 양키스에게서 시리즈 빼앗아!〉

-할 말이 없다……. 알렉스 로드리게스, 커티스 그랜더슨, 에두
아르도 누네즈, 라일 오버베이는 방망이 잡고 반성해라.
-누네즈나 오버베이야 어차피 백업이니까 그렇다 쳐도, 그랜더
슨은 진짜 7월 오기 전에 어떻게 좀 하자. 13, 14. 약쟁이 새끼랑 쌍
벽이네, 아주.
└그래야지. 내년에 FA인데 저렇게 망가질 줄 누가 알았누.
└루키들이 터졌으니까 이 정도는 감수해야지.
└약쟁이도 팔아 버리고 싶다…….

3~5선발이 나서긴 했지만 한 수 아래로 평가받는 오클랜

드 애슬레틱스에게 1승 2패.

팀마저도 순항하지 못했다.

따악-!

하지만 여전히 커티스 그랜더슨은 턱을 불끈거리며 추가 훈련에 매진했다.

턱 근육이 눈에 띨 정도로 꽉 깨문 이가 그의 의지를 대변했다.

-네가 그것밖에 안 되는 놈인 거야.

-너한테 자리를 빼앗긴 수많은 마이너리거가 지금 널 보며 비웃고 있겠지.

-이제 일주일 남았나? 이치로가 부상당한 덕에 겨우. 그 안에 반등할 수 있을까? 나랑 내기할래?

데릭 지터의 목소리가 그의 머릿속에 맴돌았다.

따악-!

그리고 일주일의 끝에서.

평범한 구장과는 궤를 달리하는, 메이저리그에서 가장 특수한 구장에서의 경기가 시작됐다.

〈뉴욕 양키스 VS 콜로라도 로키스! 1차전 선발은 김신!〉

〈김신, 커리어 최초 쿠어스 원정! 과연 기록을 이어 갈 수 있

을까!〉

커티스 그랜더슨에게 남은 마지막 경기.
쿠어스 필드가 핀스트라이프들을 반겼다.

쿠어스 필드.
흔한 메이저리그 구단 중 하나인 콜로라도 로키스의 홈
구장.
하지만 선수들에게 쿠어스 필드라는 이름이 가지는 의미
는 흔하지 않다.
높을수록 타자에게 유리하다는 파크 팩터 지표에서 3위
밖으로 절대 나가지 않는 구장이 바로 쿠어스 필드였으니까.
원인은 덴버에 위치한 쿠어스 필드의 해발고도.
무려 해발 1,610미터라는, 우리나라로 따지면 설악산 정
상쯤에 지어진 쿠어스 필드는 필연적으로 낮은 공기 밀도와
습도를 지닐 수밖에 없다.
이 낮은 공기 밀도가 세 가지 현상을 불러일으킨다.
첫째, 모든 선수가 훨씬 쉽게 지친다.
고산병의 원리와 같이, 부족한 공기가 선수들의 몸에서 힘
을 빼앗아 가는 것이다.

이에 쿠어스 필드에서 경기가 있는 경우, 경기 전 필수적인 러닝을 최소화하라고 주문할 정도다.

둘째, 타자들의 타구가 훨씬 멀리 뻗는다.

공에 가해지는 공기 저항이 적으니 당연한 이야기.

그것만 해도 플라이가 홈런으로 둔갑하는 상황인데, 설상가상으로 이걸 고려한 콜로라도 로키스 구단은 구장을 지을 때부터 펜스를 뒤로 밀어 외야를 넓게 만들어 놓았고.

넓어진 외야로 인해 오히려 외야수가 커버해야 할 범위가 커지면서 장타가 더 많이 생산되는 환경이 돼 버렸다.

셋째, 투수의 공이 평소와 전혀 다른 움직임을 보인다.

공의 회전은 공기 밀도와 밀접한 관련이 있다.

그런데 그 공기 밀도가 낮으면 공의 회전이 억제되는 건 당연한 일. 브레이킹 볼은 덜 꺾이고, 패스트볼은 제구가 평상시와 아예 다르다.

즉, 종합하자면.

타석에 설 때는 신바람 나지만 수비할 때는 투수건 야수건 욕밖에 나오지 않는 구장.

한 번도 뛰어 보지 않았다면 더욱 뼈저리게 차이를 느낄수밖에 없는 구장.

그게 바로 쿠어스 필드였다.

−이럴 때 기록 생각해서 좀 걸러 주면 안 됨? 쿠어스인데;;

-인정. 지금 대기록이 걸려 있는데 여기서 왜 굳이 등판하냐. 한 번쯤 피해도 아무도 뭐라고 안 하는데.

쿠어스 첫 등판인 김신을 걱정하는 반응과.

-무슨 개소리를 그렇게 정성껏 하냐? 이거 피하고 저거 관리하면 그게 기록임? 엿 같은 소리 하지 마라.
-진짜 양키스 팬이고 김신 팬이면 이겨 내길 바라야지. 그리고 이겨 낼 거임. 난 알아.

이럴 때일수록 당당히 맞서야 한다는 반응이 첨예하게 맞서는 상황.
당연하게도 후자밖에 머릿속에 없는 투수가 힘차게 투구판을 밟았다.
뻐엉-!
"어때?"
불펜에서 그 공을 받은 게리 산체스가 입을 열었다.
"이거……."

[웰컴 투 메이저리그! 홈 10연전에서 8승 2패의 준수한 성적을 거둔

양키스가 덴버로 원정을 왔습니다! 뉴욕 양키스와 콜로라도 로키스의 인터리그 경기! 지금 시작합니다! 먼저 공격을 펼칠 뉴욕 양키스의 라인업입니다. 주전 라인업을 그대로 들고 나왔네요.]

　주전 라인업을 그대로 내민 양키스를 상대로 콜로라도 로키스에서는 1선발, 줄리스 차신을 투입했다.

　[줄리스 차신. 올해 로키스의 지구 1위를 견인하고 있는 선수죠. 무려 쿠어스에서 3점대 방어율을 유지하고 있는 투수입니다.]

　줄리스 차신.

　신인 시절부터 그 쿠어스에서 3점대 방어율을 기록하며 화려하게 데뷔.

　중간중간 부상은 있었지만 이번 시즌 역대 콜로라도 로키스 단일 시즌 평균 자책점 3위를 기록하며 쿠어스의 특급 에이스로 군림할 선수였다.

　[로키스의 월트 와이스 감독이 경기 전 인터뷰에서 이런 얘길 했죠. '여기는 쿠어스다.'. 1선발을 그대로 기용한 것도 그렇고, 쿠어스에서만큼은 김신 선수와 자웅을 겨뤄 볼 만하다고 판단한 거 같습니다.]

　[과연 그 판단이 맞을지! 경기 시작합니다!]

　줄리스 차신의 주 무기, 싱킹 패스트볼이 경기 시작부터 불을 뿜었다.

　따악–!

　[쳤습니다! 3유간–!]

　물론 싱커를 예상하고 있던 브렛 가드너는 쏜살같이 3유간으로 쏘아지는, 꽤 괜찮은 타구를 생산해 냈지만.

콜로라도 로키스의 유격수는 싱커 볼러가 1선발로 활약할 수 있게 만들어 주는 수비의 스페셜리스트.

[트로이 툴로위츠키~! 어려운 수비를 해냅니다! 1루 송구! 아웃! 공 하나로 아웃 카운트 하나를 올리는 줄리스 차신과 트로이 툴로위츠키입니다!]

콜로라도 로키스의 자랑, 데릭 지터와 알렉스 로드리게스의 뒤를 잇는 유격수 계보의 1인자.

트로이 툴로위츠키였다.

[방금은 상당히 잘 노려 쳤는데 로키스의 수비가, 아니, 툴로위츠키 선수의 수비가 좋았어요. 훌륭한 위치 선정, 타구 판단, 백핸드 포구 능력이 어우러진 수비였습니다.]

이어지는 추신서의 타석.

추신서 또한 4구째 싱커를 공략하는 데 성공했다.

따악-!

[3루 쪽!]

브렛 가드너의 타구처럼 빠르게 3유간, 조금 더 3루 쪽으로 치우쳐 날아가는 타구.

하지만 콜로라도 로키스의 3루는 이 남자가 지키고 있었다.

[놀란 아레나도~! 와우! 개구리처럼 폴짝 뛰어올라 공을 낚아챕니다!]

[그냥 봐서는 최소 5피트 이상 뛰어오른 거 같네요.]

놀란 아레나도.

며칠 전에 데뷔한 루키지만, 데뷔 시즌부터 놀라운 활약을
펼치며 앞으로 10년 가까이 조시 도널드슨과 자웅을 겨룰 정
상급 3루수.

"끄응."

팀의 신구 기둥이 이끄는 콜로라도 로키스 내야진이 양키
스의 날카로운 창끝을 무력화시켰다.

아, 물론.

부우웅-!

[스윙 앤 어 미스! 삼진으로 오늘 첫 타석에서 물러나는 알렉스 로드
리게스! 줄리스 차신, 1회 초 막강한 양키스의 선두 타선을 3자 범퇴로
막아 냅니다!]

누군가는 수비가 나설 일도 없었지만.

그리고 마침내.

[피처, 넘버 92! 신-! 킴-!]

투수에 대한 악의로 가득 찬 쿠어스 필드에 김신이 첫발을
디뎠다.

○

"야, 야! 시작한다! 집중해!"

오늘도 어김없이 한미 양국에서 전국 중계되는 김신의
경기.

쿠어스 필드로 날아갈 수 없는 많은 대중이 브라운관으로, 스마트폰으로 시선을 고정시켰다.

"쿠어스에서도 잘 던질 수 있을까?"

"그럼. 우리 신이가 누군데."

"우리 신이? 누가 보면 친군 줄 알겠다?"

"원래 TV에 나오면 다 친구고 형이고 동생이야, 인마."

그러나 그들 모두가 김신의 승승장구가 이어지길 바라진 않았다.

대중은 젊은 천재의 화려한 비상을 사랑하지만, 그보다 더 그 천재의 몰락을 환영하는 법이니까.

'아무리 김신이어도 이제 좀 질 때도 됐지.'

'쿠어스가 괜히 투수들의 무덤인가.'

겉으로 내보이진 못해도, 은근하게 가슴속을 채우는 음습한 기대.

하지만 상반된 기대를 한 몸에 받는 남자는 그중 한 가지만을 들어 줄 생각이었다.

"흐읍-!"

기합과 함께 김신의 왼팔이 번개같이 휘둘렸다.

노리는 곳은, 언제나와 같은 바깥쪽 낮은 코스.

구종은, 메이저 최고의 마구로 손꼽히는 포심 패스트볼.

뻐엉-!

"스, 스트라이크!"

그 결과가 공개되는 순간, 타자는 현실을 인지하지 못했고.

쿠어스 필드에서 구를 대로 구른 주심은 말을 더듬었다.

[104마일? 104마일이 찍혔습니다ㅡ!]

[허……!]

종전의 개인 통산 최고 구속을 뛰어넘는 광속구.

겪어 본 적 없는 속도에 타자가 어벙해져 있을 무렵.

김신은 그에게 시간을 주지 않았다.

뻐엉ㅡ!

"스트라이크!"

바깥쪽을 구사했으니 안쪽 한 번.

뻐엉ㅡ!

"스트라이크아웃!"

여전히 얼어 있는 타자에게 다시 바깥쪽으로 마무리.

[사, 삼진! 포심 세 개로 삼구삼진을 잡아내는 김신 선수! 104, 102, 102마일의 미친 투구를 보여 줍니다!]

[쿠어스 필드에서 속구의 구속이 소폭 상승하는 건 왕왕 있는 일이 맞습니다만…….]

공기의 밀도가 낮으면 그만큼 공기 저항이 줄어든다.

그것은 공의 회전을 억제하는 효과도 있지만, 반대로 구속을 상승시키는 효과도 가져오는 법.

문제는 상승한 구속을 제대로 이용할 수 없는 제구 난조.

쿠어스 필드라는 특수한 환경에서의 제구가 평소와 다르

다는 지점이다.

그러니.

[쿠어스에서 처음 던지는 투수의 제구가 이렇게 완벽한 건 처음 보는 일입니다……]

그 제구만 잡을 수 있다면, 충분히 포심을 써 먹을 수 있는 게 당연했다.

물론 100마일도 되지 않는 작대기 직구는 힘들겠지만, 100마일을 한참 상회하는 광속구라면.

'공중전은 못 해 봤어도……'

쿠어스 필드에서의 자신을 이미 알고 있던 남자가 씨익 웃었다.

'산전수전쯤이야 다 겪어 봤지.'

애초에 처음 쿠어스 필드에서 뛸 때부터 김신은 쿠어스 필드의 악명을 이해하지 못했다.

왜 그렇게 호들갑이지? 제구 좀 날리는 거야 불펜 피칭에서 영점만 좀 수정하면 되는데.

김신만이 가질 수 있는 오해였다.

백인백색의 투구 폼과 육체적 역량이 만들어 내는 구속과 회전수의 밸런스에 따라 투수마다 천차만별의 차이를 보이는 쿠어스 필드에서.

김신 특유의 피칭은 그다지 큰 영향을 받지 않았던 것이다.

하지만 김신에게도 문제가 아예 없는 건 아니었다.

'오른손은 아무래도 쓰기 어렵겠지만……'

한 번도 쿠어스를 경험하지 못했던 오른손.

더군다나 불펜 피칭 결과 그 오른손은 평지에서와 심각한 영점 차이를 보이고 있어 사용하기가 어려웠다.

물론 억지로 쓰자면 쓸 수야 있겠지만.

'왼손만으로도 충분해.'

김신에게는 굳이 그럴 이유가 없었다.

스스로에게 떳떳하고 당당하기 위해 쿠어스에 발을 들인 건 맞지만, 일부러 약점까지 대 주는 건 다른 이야기였으니까.

[나우 배팅, 넘버 24! 덱스터, 파울러-!]

타자들의 천국이라는 쿠어스 필드를 홈으로 쓰면서도 채 3할을 넘지 못하는 스위치히터 중견수에게.

스윽-.

김신이 왼팔을 들어 올렸다.

그리고.

뻐엉-!

다시 김신의 포심이 불을 뿜었다.

[103마일! 이번에도 바깥쪽 절묘한 코스에 떨어집니다!]

한 번은 우연일 수 있지만 두 번, 세 번의 반복은 필연.

진실을 깨달은 팬들이 입을 벌렸다.

─미친…… 저 새끼는 도대체 어떻게 된 새끼임?

─쿠어스? 그게 뭐임? 먹는 거였나? ㅋㅋㅋㅋㅋㅋㅋㅋ 오히려 더 잘 던져ㅋㅋㅋㅋㅋㅋㅋㅋㅋ

─진짜 난놈은 난놈이다……. 얘 장기 계약 풀리면 진짜 난리 나겠는데? 로키스까지 뛰어들 듯;

└양키스에서 놔 줄 리가 있냐 ㅋㅋㅋㅋㅋ 이번 시즌 중반에도 잡을 수도 있다. 나 같으면 벌써 질렀음.

사실 쿠어스 필드를 홈으로 쓰는 콜로라도 로키스는 홈에서 강속구 투수를 상대로 애로사항을 겪을 일이 거의 없다.

제구가 되지 않는 강속구는 재앙과 마찬가지.

쿠어스 필드에서 변화구 투수보다 더 애를 먹는 게 강속구 투수였으니까.

그런데 이건 뭔가.

뻐엉─!

"스트라이크!"

완벽하게 보더라인을 파고드는 100마일의 강속구.

아차 하는 사이에 2스트라이크로 몰려 버린 덱스터 파울러가 자신도 모르게 방망이를 냈다.

따악─!

[먹힌 타구! 유격수 에두아르도 누네즈, 가볍게 1루로! 아웃입니다! 순식간에 투아웃! 쿠어스 따위는 아무것도 아니라는 듯 쾌조의 호투를 펼

치고 있는 김신 선수!]

[대단하다는 말밖에 할 말이 없네요.]

오로지 포심만으로 투아웃.

남의 집에 흙발로 들이닥친 김신이 타석에 들어서는 집주인을 바라보았다.

데릭 지터와 같은 등번호를 쓸 자격이 있는 남자.

평지에서도 3할을 너끈하게 칠 수 있으며, OPS가 1을 상회하는 절정의 타자.

쿠어스 필드의 주인.

[나우 배팅, 넘버 2! 트로이─! 툴로위츠키─!]

트로이 툴로위츠키.

'당신은…… 이걸로 상대해 주지.'

김신이 쿠어스 필드에서만 사용할 수 있는 결정구의 그립을 잡았다.

꽈악─!

구종.

타자의 방망이를 속여 넘기고, 타이밍을 빼앗아.

타자가 쓸쓸히 더그아웃으로 발걸음하도록 만들기 위하여 수많은 투수가 각고의 노력으로 발전시킨 피칭의 종류들.

그런 구종을 정확하게 나눈다는 건 사실 불가능한 일이다.

신체 조건에 따라, 피칭 습관에 따라, 심지어는 환경에 따라.

투수마다 천차만별로 다르기 때문이다.

그래서 해설과 분석의 편이를 도모하고자 구분해 놓긴 했어도.

명명된 이름은 다르더라도 움직임이 매우 흡사한 구종은 존재할 수밖에 없다.

그중 하나가 바로 변화구의 왕이라 불리는 슬라이더와.

마리아노 리베라를 사상 최강의 마무리 투수로 만든 커터다.

투수의 팔 반대 방향으로 흘러나가며.

같은 손 타자에게는 스트라이크처럼 보이다가 바깥쪽 볼이 되고.

다른 손 타자에게는 몸 쪽으로 파고들어 배트 안쪽을 강타하는 구종.

그 둘의 차이는 각도와 구속일 뿐.

실제로 타자의 방망이를 속여 넘기는 메커니즘은 동일하다.

그중 김신이 평상시에 구사하는 건 명백히 슬라이더다.

좌타자 바깥쪽으로 급격히 빠져나가는 큰 각도.

평범한 투수의 속구만큼 빠르지만, 김신이기에 고속 슬라이더로 구분되는 90마일 초중반의 구속.

그러나.

[나우 배팅, 넘버 2! 트로이—! 툴로위츠키—!]

쿠어스 필드에서는 다르다.

쿠어스 필드에서만은 다르게 던질 수 있다.

고속 슬라이더에서 구속이 상승하고, 각도가 줄어들면 그걸 뭐라고 불러야 할까?

만약 환경에 따른 변화를 받아들이는 걸 넘어 이용한다면, 어떻게 될까?

[쿠어스 필드의 왕이 뉴욕의 왕자를 맞이합니다. 김신 선수, 초구!]

우타석에서 방망이를 치켜든 트로이 툴로위츠키를 향해.

김신의 왼팔이 채찍처럼 휘둘렸다.

쐐액—!

먹음직스럽게 복판으로 향하는 공에 트로이 툴로위츠키의 방망이가 움직였다.

그리고.

빠각—!

[배트 부러집니다! 힘없이 흐르는 타구! 에두아르도 누네즈, 1루로! 아웃입니다! 스리아웃! 트로이 툴로위츠키의 배트와 함께 콜로라도 로키스의 창끝을 부러뜨려 버리는 김신!]

1회 말이 끝났다.

"……?"

부러진 배트를 들고 고개를 갸웃하는 트로이 툴로위츠키와.

[음, 마지막 공은 슬라이더 같은데요. 각은 그렇게 크지 않았는데 구속이 굉장했습니다. 96마일이 찍히는데, 슬라이더라고 하긴 어려운 공이었어요.]

[그렇다면 커터일까요?]

[아뇨, 김신 선수가 커터를 사용한 기록은 보고된 바 없습니다. 아마 쿠어스 필드다 보니 슬라이더 구속이 조금 올라간 듯한데요. 오늘 경기 저 슬라이더가 상당히 중요할 것 같다는 직감이 드네요.]

자신의 마지막 공을 분석하는 해설진을 뒤로하고.

저벅- 저벅-.

김신은 담담하게 더그아웃으로 향했다.

과거, 콜로라도 로키스 팬들이 그의 영입을 피 토하며 부르짖게 했던.

그의 첫 번째 몰락 당시 뉴욕 양키스만큼이나 콜로라도 로키스를 한탄하게 만들었던 마구의 시연이 시작되려 하고 있었다.

2회 초.

뉴욕 양키스의 공격은 4번 타자 게리 산체스부터였다.

[게리 산체스 선수가 선투 타자로 타석에 섭니다. 지난 시즌에 이어 이번 시즌에도 무서운 기세로 안타와 홈런을 쌓아 가고 있는 양키스의 젊은 보물이죠.]

[타격도 타격이지만 저는 게리 산체스 선수의 수비력에 주목하고 싶어요. 지난 시즌엔 공격력에 비해 많이 부족한 모습을 보였던 게 사실인데, 이번 시즌에 와선 그런 부분이 상당히 개선되었습니다. 이제는 정말 뉴욕 양키스의 주전 포수가 되었다, 이렇게 평할 수 있겠습니다.]

[자리가 사람을 만든다, 그런 말이 있지 않습니까? 들리는 풍문으로는 메이저에 올라온 뒤로 게리 산체스 선수의 태도가 확 바뀌었다더군요. 게으른 천재라는 타이틀에서 앞 수식어를 지워 버렸답니다.]

김신과 가장 오랜 시간 함께하면서 많은 발전을 이룩하고.

이제는 정말 과거와는 천양지차의 위상을 쌓아 올린 게리 산체스.

오늘 경기의 해설 위원들뿐 아니라 야구 관계자라면 너 나 할 것 없이 칭찬 일색인 그였지만.

게리 산체스 본인은 그 칭찬을 들을 때마다 속으로 절레절레 고개를 저었다.

'신이에 비하면……'

언제나 그보다 두 발짝은 앞에서 달려가고 있는 남자를 알고 있었으니까.

물론 자신의 성장은 기뻤다.

예전과는 달라진 사람들의 찬사도 기꺼웠다.

그게 가져다 줄 찬란한 미래도 기대됐다.

하지만 만족스럽지는 않았다.

오늘만 봐도 그랬다.

'그건 분명히 커터야.'

방금 트로이 튤로위츠키를 돌려세운, 불펜 피칭 중에 게리 산체스를 일어서게 만들었던 공.

마리아노 리베라라는 커터의 마스터와 호흡을 맞춰 봤기에 알 수밖에 없는 수준급의 커터.

느닷없이 그런 걸 꺼내 드는 놈이 바로 옆에 있으니.

'쉴 틈이 없구먼.'

게리 산체스가 안주할 시간은 없었다.

김신의 바로 옆에 계속 서 있기 위해선 아직 멈출 수 없었다.

만약 게리 산체스가 10년 차…… 아니, 5년 차만 되었어도 달랐으리라.

김신의 끝이 보이지 않는 재능에 좌절하고, 시기 질투하고, 끝내 현재의 자리에 안주했을 수도 있었다.

하지만 그는 아직 2년 차.

아직 자신의 재능이 어디까지인지 알지 못하는 패기의 루키, 게리 산체스이기에.

꽈아악-!

그의 손아귀에 지칠 줄 모르는 의지가 집약됐다.

[줄리스 차신, 게리 산체스를 상대합니다! 와인드업!]

줄리스 차신의 오른팔이 움직임과 동시에 게리 산체스의 방망이가 약동했다.

결과는.

부우웅―!

"스트라이크!"

[스윙 앤 어 미스! 크게 헛치는 게리 산체스!]

[마음이 급했나요? 타이밍이 상당히 빨랐습니다.]

떨어지는 싱커를 노렸으나 그대로 뻗어 오는 포심.

게리 산체스가 머쓱하니 고개를 숙였다.

'다 들켰겠네.'

동시에 그의 두뇌가 맹렬히 돌았다.

노골적으로 싱커를 노리는 스윙을 보여 줬는데, 과연 싱커를 구사할까?

싱커를 구사하지 않을 거란 타자의 허를 찌르는 싱커가 나올 수도 있고.

우직하니 싱커를 노릴 타자를 농락하는 다른 구종이 나올 수도 있다.

하지만 찰나의 계산 끝에 게리 산체스는 확신했다.

'구사하겠지.'

투수란 그런 족속들이다.

결정구를 노린다는 걸 알고 있어도 결정구를 아예 배제할 순 없는 족속들.

　오히려 어디 한번 쳐 보라며 다짜고짜 던져 버리는 족속
들.

　게리 산체스가 방망이를 움켜쥐었다.

　뻐엉-!

　[이번엔 볼! 체인지업을 잘 골라내는 게리 산체스!]

　한 번 참으며 추진력을 충전하고.

　[줄리스 차신, 제3구!]

　휘둘렀다.

　그의 확신만큼이나 강력하게.

　따악-!

　[좌측! 큽니다!]

　하늘을 뚫을 듯이 솟구치는 타구.

　게리 산체스가 인상을 그렸다.

　'젠장, 빗맞았나.'

　홈런 특유의 손맛이 없었다.

　당연한 일이었다.

　줄리스 차신이 구사한 공은 싱커가 아닌 포심이었고, 게리
산체스는 억지로 궤적을 틀어 맞추기만 했을 뿐이니까.

　'어쩔 수 없지. 다음에 잘 치는 수밖에.'

　네 번의 타석 중 한 번만 쳐도 성공.

　게리 산체스는 타자의 불문율을 떠올리며 소득은 없지만

투지만은 보여 주기 위해 1루로 달렸다.

그리고.

'응?'

떨어지지 않는 아웃 콜에 고개를 든 산체스의 눈에.

[넘어—갑니다! 높이 떠서 담장까지 훨훨 날아갔습니다! 게리 산체스의 선제 솔로 포!]

[이건 쿠어스가 쿠어스 했네요.]

담장을 쏙 넘어가는 흰색 공이 대문짝만 하게 들어왔다.

"와아아아아아—!"

원정까지 따라와 자리를 채운 소수의 핀스트라이프들이 내뱉는 함성에 게리 산체스가 멍청하게 웃었다.

'쿠어스 개꿀이잖아?'

5개의 툴 중 파워에 가장 큰 강점을 가진 남자에게 쿠어스 필드는 너무 달달한 밥상이었다.

인정욕.

사람의 내면에는 누구나 인정받고 싶은 욕구가 존재한다.

때로는 아버지에게, 때로는 선생님에게, 때로는 직장 상사에게, 선배에게, 연인에게, 그것도 아니라면 불특정 다수에게.

인정받는 것만으로도 극상의 쾌감을 느끼는 것이 사람이다.

그런데 인정받고 싶은 대상에게 외면당한다면 어떨까?

무시당한다면 어떨까?

반응은 두 가지로 나뉜다.

정신 승리를 하며 그 대상을 매도하거나 같이 외면해 버리는 사람이 있는가 하면.

분노를 불태우며 자신을 증명하고자 하는 사람이 있다.

따악ㅡ!

[이번엔 1, 2루간! 조시 러틀리지 잡아냅니다! 1루 토스! 아웃! 연속 땅볼로 투아웃을 솎아 내는 줄리스 차신! 홈런을 맞긴 했지만 흔들리지 않는 모습입니다!]

[쿠어스 필드를 홈으로 쓰는 투수에게 깜짝 홈런은 세금과 같죠. 이미 그걸 충분히 알고 있는 투수예요.]

조시 도널드슨과 매니 마차도가 각각 유격수, 2루수 땅볼로 물러난 다음.

[나우 배팅, 넘버 14! 커티스ㅡ 그랜더슨!]

타석에 선 남자는 바로 후자였다.

ㅡ네가 그것밖에 안 되는 놈인 거야.

ㅡ너한테 자리를 빼앗긴 수많은 마이너리거가 지금 널 보며 비웃고 있겠지.

─이제 일주일 남았나? 이치로가 부상당한 덕에 겨우? 그 안에
반등할 수 있을까? 나랑 내기할래?

  데릭 지터와 나눈 대화의 끝에서, 커티스 그랜더슨은 내기
를 했다.
  그 내기에서 이기고, 스스로를 증명하기 위해 커티스 그랜
더슨은 오클랜드전에서 자신을 버렸다.
  그 끝에 남은 건 당연한 진리.
  '나는 커티스 그랜더슨.'
  브렛 가드너처럼 빠른 발을 가지지도, 추신서처럼 절정의
선구안을 가지지도 못했다.
  스즈키 이치로 같은 콘텍트 능력도 그에게는 존재하지 않
았다.
  그가 손안에 쥐고 있는 건 그들과는 다른 무언가였다.
  방금 전 게리 산체스가 보여 줬던 것과 같은.
  스즈키 이치로도, 브렛 가드너도, 추신서도 가지지 못한.
  1년에 40개씩 홈런을 때려 넘길 수 있는 힘.
  꽈아악─!
  그 힘이 커티스 그랜더슨의 전신에서 꿈틀댔다.
  이제 와서 다른 길을 갈 수는 없다.
  그는 배드 볼 히터이자 다른 무엇보다 파워에 특화된 거
포, 커티스 그랜더슨이었다.

그리고, 그걸로도 충분했다.

[투수, 와인드업!]

이를 악문 커티스 그랜더슨이 방망이를 휘둘렀다.

그의 몸에 가장 편한 방법으로.

인이 박힐 만큼 휘둘렀던 그대로.

한때 흔들렸으나 다시 세워진 자신(自信)을 바탕으로.

따악─!

[쳤습니다! 우측! 우익수 뒤로! 우익수 뒤로! 우익수 뒤로!]

치자마자 알 수 있는 짜릿한 손끝의 감각.

커티스 그랜더슨이 오랜만에 선명한 미소를 그렸다.

'이거지.'

타자들의 천국인 쿠어스 필드?

그게 무슨 상관이란 말인가.

양키 스타디움에서나 쿠어스 필드에서나.

[넘어갔습니다! 커티스 그랜더슨의 솔로 포! 관중석 상단을 때리는 대형 홈런입니다! 2회 말에만 홈런 두 방을 쏘아 올리는 뉴욕 양키스! 콜로라도 로키스의 홈에서, 로키스를 완벽히 때려눕히고 있습니다!]

[스윙에 제대로 걸렸어요. 넘어갈 수밖에 없는 타구였습니다.]

홈런은 언제나 옳다.

'보고 있습니까?'

헬멧을 벗어던진 커티스 그랜더슨이 그라운드를 돌았다.

일주일간 3홈런이라는 내기의 막판 역전승을 위해.

"그래야지."

내기에서 이기든 지든 이득밖에 없는 남자가 먼 뉴욕에서 웃음 지었다.

VS 시애틀 매리너스

홈런 두 방으로 2-0.

콜로라도 로키스의 선발투수, 줄리스 차신의 공이 조금 흔들렸다.

뻐엉-!

[베이스 온 볼스! 에두아르도 누네즈 선수가 걸어서 1루를 밟습니다! 2사 주자 1루!]

이어지는 기회.

쿠어스 필드가 아닌 양키 스타디움이었다면 상위 타선으로의 연결을 꿈꿨을 상황.

하지만 양키스에서도, 로키스에서도 더 이상의 득점은 기대하지 않았다.

[나우 배팅, 넘버 92!]

아메리칸리그에서 9번 타자는 타격을, 상위 타선으로의 연결을 기대해 볼 만한 타자였겠지만.

내셔널리그에선 전혀 아니었으니까.

[신ㅡ! 킴ㅡ!]

글러브와 공이 아닌 헬멧과 방망이를 든 김신이 그라운드를 가로질렀다.

[타자로서의 김신 선수를 보는 건 또 오랜만이군요. 기록상으로는 지난 6월 애틀랜타 브레이브스와의 원정 3연전이 마지막이었습니다.]

[아무래도 아메리칸리그 소속이니 그럴 수밖에요. 1년에 한 번도 타석에 서지 않는 투수도 많지 않습니까.]

[그렇죠. 마침 김신 선수의 통산 성적이 표시되네요. 통산 7번 타석에 섰고, 첫 타석에서 2루타를 기록한 걸 제외하면 모두 삼진이나 범타로 물러났습니다.]

통산 7회의 타석, 1번의 2루타.

0.142/0.142/0.284.

줄리스 차신을 비롯해 많은 사람이 이렇게 생각했다.

'첫 타석이 행운이었을 뿐, 김신의 타격 능력은 없는 거나 마찬가지다.'

사실 그래도 상관없는 이야기다.

잭 그레인키처럼 타격에 지대한 관심을 보이고, 실제 대타로도 뛸 수 있을 정도의 타격 능력을 갖춘 투수가 특이한 것이지.

아메리칸리그의 투수인 김신으로선 공만 잘 던지면 만사형통인 바.

그 피칭에서 압도적인 성적을 쓰고 있으니 김신이 타격을 못한다고 해서 뭐라 할 사람은 있을 수가 없었다.

'차라리 방망이 안 휘두르고, 안 뛰어서 체력을 보존하는 게 낫다.'

오히려 체력 보존 측면에서 루킹 삼진을 당하는 게 낫다고 생각하는 사람이 대다수일 정도였다.

단, 아무리 그래도 여기는 쿠어스 필드.

'혹시 모르니까.'

줄리스 차신이 신중하게 초구를 던졌다.

뻐엉-!

"스트라이크!"

부드럽게 존 안으로 흘러 들어가는 싱커와 미동도 없는 김신의 방망이.

뻐엉-!

"스트라이크!"

2구째 싱커에서도 같은 결과가 나오자 줄리스 차신은 마음을 놓았다.

'타격할 생각 자체가 없군.'

상식적으로 당연한 이야기다.

안 그래도 체력 소모가 심한 쿠어스 필드에서 김신같이 많은 이닝을 먹을 수 있는 선발투수가 타격과 주루를 펼치는 건 손해가 막심한 일일 터였다.

애초에 줄리스 차신 자신조차도 굳이 타격에 신경을 쓰지 않았으니까.

'그렇다면…….'

줄리스 차신이 공의 그립을 바꿔 쥐었다.

가장 제구가 쉽고, 간단하게 카운트를 잡을 수 있는 구종.

포심 패스트볼을 던지기 위해서.

아주 안이한 생각이었다.

'사람들은 참…… 잘 잊지.'

첫 타석에서 스티븐 스트라스버그를 상대로 큼지막한 2루타를 뽑아냈던 그때처럼.

김신이 헬멧 챙 아래로 맹수의 눈빛을 숨겼다.

동시에 그의 진면모를 알고 있는 양키스의 타격 코치 케빈 롱과 게리 산체스가 직감했다.

'어쩌면…….'

일이 터질지도 모르겠다고.

김신의 타격 훈련을 도왔던 그들만큼은 알고 있었으니까.

'다른 건 몰라도 파워만큼은 수준급이야.'

분명 브레이킹 볼이나 변형 패스트볼에 대처할 만한 콘택트 능력은 부족하다.

하지만 밋밋한 패스트볼을 담장 너머로 넘길 만한 파워에서만큼은.

김신은 홈런왕과도 겨룰 수 있는 남자였다.

[줄리스 차신, 제3구!]

더군다나 지금은 경기 초.

배트를 휘두르고 다이아몬드를 돌아도 충분히 피칭을 위한 체력을 안배할 수 있는 시간이었다.

게다가 오른손을 봉인한 김신은 7이닝 이상 던질 생각이 없었으니.

"……!"

피칭 동작의 마지막, 공을 놓기 직전.

김신의 눈빛을 마주한 줄리스 차신에게 1년 전 스티븐 스트라스버그가 느꼈던 것과 같은 불길함이 엄습했다.

콰직-!

둔중한 레그 킥과 함께 전력으로 휘둘러진 김신의 방망이가 공을 쪼갤 듯한 굉음을 토해 내는 건.

자연스러운 수순이었다.

따아아악-!

포수 미트를 향해 날아가던 공이 번개같이 행선지를 바꾸었다.

[어엇! 큽니다! 우측! 계속 날아갑니다! 멀리! 멀리! 담장-! 넘어갑니다-! 이게 무슨 일입니까! 김신 선수의 투런 포가 터집니다!]

김신의 생애 첫 아치가 쿠어스 필드를 침묵시키고.

　─10할 타자 김신! 10할 타자 김신! 10할 타자 김신!
　─지난해에도 이랬던 거 같은데 나만 그렇게 생각함?

인터넷 채팅 창을 불태웠다.

　작년과 비슷한 시기에, 마찬가지로 첫 타석에서 큼지막한
장타를 기록한 김신.
　하지만 그때와 명백히 다른 점이 있었다.
　"……."
　홈런을 친 타자가 더그아웃에 들어왔음에도 침묵으로 일
관하는 동료들.

　─사일런트 세리머니 ㅋㅋㅋㅋㅋㅋㅋㅋㅋㅋ 이걸 해 주네.

　사일런트 세리머니.
　메이저에서 첫 홈런을 기록한 루키에게 침묵으로 대신 축
하를 건네는 메이저리그의 문화.
　'내가 이걸 다 받아 보네.'

피식 웃은 김신은 묵묵히 더그아웃과 그라운드, 팬들에게 인사를 건네고 자리에 앉았다.

작년 데뷔 타석에 대타 홈런을 쳤던 어떤 포수는 아랑곳 않고 자기 혼자 북 치고 장구 치면서 난리 부르스를 폈지만 그걸 따라 하기엔 낯이 그만큼 두껍지가 않았다.

대신 김신은 아직도 찌르르 울리는 손끝의 감각에 주목했다.

'훈련 때와는 차원이 다른데?'

오래전 베이브 루스나 얼마 안 있으면 등장할 오타니 쇼헤이처럼 투타 겸업을 생각했던 건 아니었다.

다만 타격이 나름 손맛 있고 재미있었던 데다 스트레스를 푸는 데 가끔 주효한 역할을 했기에 틈틈이 연습했을 뿐.

그런데 실제로 홈런을 쳐 보니 다른 욕심이 치솟았다.

'조금 더 시간을 투자해도 나쁘지 않겠어.'

투타 겸업까지는 아니어도 가끔은 홈런을 칠 수 있는.

잭 그레인키까지는 못 돼도 상대 투수가 공짜로 먹는 아웃 카운트라고는 생각할 수 없는 수준.

그 정도까지는 한번 해 봐도 되겠다고.

김신이 고개를 주억거렸다.

'방금 궤적을 봤으니까… 다음 타석에는 싱커를 한번 노려 봐도 좋겠군.'

동시에 어쩔 수 없는 전략가의 두뇌가 작전을 제시할 찰나.

따악–!

[브렛 가드너–! 좌중간을 가릅니다! 1루 돌아서 2루까지! 양키스의 공격이 끝나지 않습니다!]

[한 이닝에 세 개, 그것도 투수한테까지 홈런을 얻어맞았으니…… 줄리스 차신 선수가 흔들리는 것도 이해가 가는 부분입니다.]

주루를 하면서 체력을 소모한 에이스의 체력을 보존해 주고자 하는 선배의 방망이가.

[아, 월트 와이스 감독 결국 올라오네요. 교체일 거 같습니다. 말씀드리는 순간 공 돌려받는 월트 와이스 감독! 줄리스 차신 선수, 상당히 격앙된 모습으로 마운드를 내려갑니다. 투수 교체!]

그 작전의 전제 조건인 줄리스 차신을 강판시켰다.

'쩝.'

못내 아쉬움을 삼키는 '타자' 김신.

따악–!

[트로이 툴로위츠키! 1루 송구! 아웃입니다! 길었던 2회 초가 끝이 납니다! 잔루 2루! 하지만 뉴욕 양키스가 홈런 3개를 앞세워 4–0으로 앞서갑니다! 놀라지 마십시오! 그중에는 오늘의 선발투수, 김신 선수의 투런 포가 있었습니다!]

곧, 그 자리에서 '투수' 김신이 일어섰다.

[경기는 2회 말! 콜로라도 로키스의 공격으로 향합니다!]

4번 좌익수 카를로스 곤잘레스.

5번 포수 윌린 로사리오.

6번 3루수 놀란 아레나도.

콜로라도 로키스의 지구 1위를 지탱하고 있는 중심 타선으로 이어지는 2회 말 로키스의 공격.

"갚아 주라고!"

"여기는 쿠어스야!"

콜로라도 로키스 팬들이 설욕을 부르짖었다.

하지만 적에게 자비 따위 베풀 줄 모르는 남자가 그들의 야망을 좌시하지 않았다.

부우웅–!

각은 작지만 여전히 바깥쪽으로 빠져나가며 좌타자를 희롱하는 슬라이더.

뻐엉–!

슬라이더, 혹은 포심을 생각하고 있을 때 허를 찔러 오는 서클 체인지업.

뻐엉–!

"스트라이크아웃!"

마지막으로 아차 하는 순간에 패배를 결정짓는 포심 패스트볼.

[루킹 삼진! 첫 대결에서 먼저 삼진으로 물러나는 카를로스 곤잘레스!]

항상 타점을 올려 주던 카를로스 곤잘레스의 방망이는 김신의 공을 공략하지 못했다.

[나우 배팅, 넘버 20! 윌린─ 로사리오!]

이어서 타석에 선 우타자, 윌린 로사리오는 초구를 공략했다.

따악─!

[좌중간, 높이 뜹니다!]

하지만 평상시라면 쿠어스 필드의 가호를 타고 담장을 넘어갔을 윌린 로사리오의 타구는 김신의 공에 담긴 힘을 이겨 내기에 부족했고.

[브렛 가드너, 기다리다가…… 잡아냅니다! 투아웃! 손쉽게 2회 말을 정리해 가는 김신 선수!]

그물망 같은 양키스의 외야진은 그물에 걸려 허덕이는 고기를 놓치지 않았다.

그리고 기대를 모으는 루키, 놀란 아레나도마저.

빠각─!

[배트 부러집니다! 3루수 조시 도널드슨, 1루로…… 아웃! 삼자범퇴로 끝나고 마는 콜로라도 로키스의 2회 말 공격! 김신 선수가 양키스의 리드를 이어갑니다!]

커터의 탈을 쓴 김신의 슬라이더에 무릎 꿇으면서.

"젠장!"

콜로라도 로키스 팬들의 야망은 속절없이 부러져 나갔다.

문제는 그게 비단 2회 말뿐만이 아니었다는 것.

3회 말, 콜로라도 로키스의 하위 타선을 상대로 김신의 슬라이더가 무자비하게 홈플레이트를 지배했다.

빠각―!

[다시 배트 부러집니다! 언빌리버블! 97마일이 찍힙니다! 이건 정말 커터 아닙니까?]

해설진의 놀라움에 가득 찬 목소리가 연신 쿠어스 필드에 날카롭게 울려 퍼지고.

─ㄷㄷ; 저게 진짜 슬라이더 맞냐? 마리아노 리베라가 생각나는 건 나뿐임?

─무조건 커터지. 두렵다. 김신의 끝은 어디인가…….

팬 커뮤니티는 감탄이 흘러넘쳤다.

─인터뷰 기대된다. 어차피 끝났는데 빨리 인터뷰나 보고 싶다.

점수는 4─0.

마운드에는 무너질 리 없는 투수.

세인들의 시선이 일찌감치 경기가 종료된 뒤 진행될 수훈 선수 인터뷰로 향했다.

그때였다. 4회 초, 4-0이라는 스코어가 여전히 전광판을 채우고 있을 무렵.

따아악~!

발 빠르게 올라온 김신의 투구 영상을 분석하던 방구석 전문가들의 고개를 다시 경기 중계로 돌려 놓는 타격음이 울려 퍼졌다.

[커티스 그랜더슨~! 대단합니다! 연타석 홈런! 쿠어스 필드에서! 부진을 씻어 내는 신호탄을 쏘아 올립니다!]

패전 처리로 올라왔으나 2회 초와 3회 초 양키스의 타선을 훌륭히 잠재웠던 투수, 로이 오스왈트가 고개를 떨궜다.

떠나갔던 팬들의 손이 키보드로 돌아왔다.

─쿠어스발로 어깨에 힘주네.

─로이 오스왈트 퇴물이잖아. 운 좋게 얻어 걸렸네.

여태까지 부진했던 전적 탓에 커티스 그랜더슨에게 쉬이 박수를 보내지 않는 팬들.

그러나 6회 초.

웬만한 고집쟁이도 인정할 수밖에 없는 사건이 벌어졌다.

따아악~!

[와우! 이건……]

[넘어갔어요. 치자마자 넘어간 타구입니다.]

[담장, 넘어갑니다! 커티스 그랜더슨─! 3연타석 홈런! 대단합니다! 완벽히 부진을 벗어 던지는 아치를 그립니다!]

아무리 쿠어스라지만 한 경기에 3개의 아치를 쏘아 올리는 건 결코 흔치 않은 일.

그제야 조금씩 박수를 보내는 팬들의 채팅과 함께.

─처음부터 이렇게 했으면 좀 좋아?

─아무리 쿠어스발이어도 3홈런은 3홈런이지.

─이대로 살아났으면 좋겠다. 그럼 진짜 좋겠다.

더그아웃에 들어가기 전, 손목을 터는 듯한 기이한 퍼포먼스를 보이는 커티스 그랜더슨의 모습을 확인한 데릭 지터의 너스레가 병실에 흩어졌다.

"짜식, 사 준다, 사 줘."

양키스만의 잔치가 계속됐다.

따악─!

〈뉴욕 양키스, 홈런 5개로 9-2! 콜로라도 로키스 완파!〉

◉

뻐엉─!

[경기 끝났습니다! 델린 베탄시스 선수가 뒷문을 확실하게 걸어 잠그면서, 양키스가 쿠어스 필드에서 자신들의 깃발을 높이 세웁니다!]

[오늘 오랜만에 양키스 방망이가 화끈하게 불을 뿜었네요.]

[그러게 말입니다. 무려 홈런이 5개나 나왔어요.]

경기가 종료됨과 동시에 기다리던 기자들의 타이핑 소리가 불타나게 울려 퍼졌다.

〈뉴욕 양키스, 홈런 5개로 9-2! 콜로라도 로키스 완파!〉

하지만 팬들은 기자들의 노고가 들어간 그 기사를 거들떠보지도 않은 채 채널을 고정했다.

오늘 많은 화제를 생산하며 팬들의 저녁 시간을 달래 준 두 사람이 모니터에 자리했다.

커터라는 신구종을 들고 나온 걸로 의심받는, 7이닝을 완벽히 틀어막은 데다 홈런까지 곁들인 김신.

그리고.

"커티스 그랜더슨 선수! 오늘 정말 엄청난 활약을 펼쳤습니다."

커티스 그랜더슨.

지금까지의 부진을 거짓말처럼 씻어 내는 활약을 펼친 남자였다.

"무려 한 경기에서 3홈런! 믿기 어려운 맹타를 휘두르셨는데, 소감 한 말씀 부탁드립니다."

각각 다른 투수를 상대로, 한 번을 제외하고는 타석에 들어설 때마다 홈런을 쏘아 올린.

되살아난 거포가 정말 오랜만에 코앞까지 들이밀어진 마이크에 입을 댔다.

"정말 기쁩니다. 다만 지금까지 부족했던 만큼 오늘의 활약이 반짝 활약이 되지 않도록 하겠습니다. 다음 경기를 지켜봐 주시면 감사하겠습니다."

진심이었다.

오늘의 3홈런을 통해 내기에선 승리했고, 부상으로 롤렉스를 받게 되겠지만.

커티스 그랜더슨은 만족할 수 없었다.

'더. 더 할 수 있어.'

내년의 FA 대박을 위해.

데릭 지터를 뛰어넘어 수많은 팬과 관계자들에게 인정받기 위해.

커티스 그랜더슨이 아직도 짜릿짜릿 울리는 손목을 잠시 어루만지다가 슬쩍 털었다.

그 모습을 놓치지 않은 리포터의 입에서 질문이 터져 나왔다.

"그건 6회 초에 세 번째 홈런을 친 다음에 보여 주셨던 세리머니 같은데요. 혹시 어떤 의미가 있나요?"

'여자 친구와의 약속' 같은 흔한 가십을 바라는 태도.

그렇게 보긴 힘들긴 하지만 연인 간의 약속이야 워낙 천차만별 아니겠는가.

하지만 무슨 소린가 하며 잠시 멈칫하던 커티스 그랜더슨은 이내 가십을 바라는 리포터를 외면한 채 씨익 건치 미소를 지었다.

"아뇨, 그냥 손목이 조금 시큰거려서요. 어서 가서 냉찜질을 좀 해야 할 거 같습니다."

그러고서 카메라를 뻔히 주시하는 커티스 그랜더슨.

수천 마일 밖에서 그 신호를 제대로 받아들인 누군가의 웃음소리와 함께 팬들이 손가락을 움직였다.

–양키스 팬이면 다 같이 기도하자. 얘만 살아나도 십 년 묵은 체증이 확 내려갈 거 같다.

ㄴ십 년은 무슨 ㅋㅋㅋㅋㅋ 여기들 보소! 작년에 우승한 놈이 양심도 없이 이딴 소리나 지껄이고 있당께!

ㄴ응, 꿈~. 평지 내려가면 귀신같이 다시 못해~. 아니, 내일부터 바로 못할지도?

–이런 애 말고 그냥 김신 인터뷰나 빨리 하자.

팬들의 바람대로.

"그러시군요. 다음 경기에서도 오늘 같은 활약 기대하겠습니다. 저도 꼭 경기를 지켜보도록 하겠습니다."

리포터의 마이크가 김신에게로 돌려졌다.

"그럼 이제 김신 선수! 오늘도 역시 훌륭한 투구를 선보이셨는데요! 오늘은 그것뿐만 아니라 물어보고 싶은 게 많습니다. 먼저 오늘의 승리로 38연승! 기록을 갱신하신 걸 축하드립니다!"

"네, 감사합니다. 모두 응원해 주시는 팬들 덕분입니다."

"자, 그럼 그 팬들이 가장 궁금해할 질문을 하지 않을 수 없는데요. 오늘 결정구로 사용하신 게 슬라이더가 맞나요? 혹시 새로운 구종은 아닌가요?"

거두절미하고 들어오는 리포터의 질문에 김신이 천천히 입을 열었다.

"사실은……."

덴버에 와서 던져 보니 평지에서와 달리 슬라이더가 덜 꺾이고 빠르게 날아가더라.

게리 산체스와 머리를 맞대고 몇 가지 변화를 줘 봤는데 그게 잘 먹혀 들어간 것 같다.

그게 커터라면 커터라고 할 수 있겠다.

그러나 아마 쿠어스 필드가 아닌 평지에서는 못 던질 것 같다.

준비했던 말들이 김신의 머릿속에서 흩어져 사라졌다.

그리고.

씨익-!

전미가 주목하고 있는 스크린 안에서 밝게 웃은 관심 종자가 한마디를 내뱉었다.

"던질 줄 압니다, 커터."

특종을 맞이한 카메라가 기다렸다는 듯 플래시를 밝혔다.

〈3홈런 몰아친 커티스 그랜더슨. '다음 경기도 지켜봐 달라.'〉

〈커리어 첫 홈런에 신구종까지? 김신, 쿠어스 필드 완전 정복!〉

다음 날, 한 경기에 집약된 화제들이 미처 경기를 관전하지 못한 팬들에게로 전달됐다.

-와, 김신 진짜 미친 새끼. 설마설마했는데.
└욕하지 마라. 너 따위가 욕할 존재가 아니시다.
└욕 안 나오게 생겼나 ㅋㅋㅋㅋㅋ 저게 2년 전까지 아마추어였다고? 한국은 도대체 어떤 놈들이 살고 있는 거냐?
└김신이 대단한 거지, 한국이랑은 상관없음.
└그렇다기엔 류도 엄청난데?
└걔는 KBO에서 오래 뛰었잖아.

하지만 화제의 중심에 선 김신은 자신의 것보다는 커티스 그랜더슨에게 주목했다.

'나야 뭐 블러핑 좀 한 거고, 커티스 그랜더슨이 살아나는지 아닌지가 더 중요하지.'

커터를 던질 수 있다는 허세는 기껏해야 한 번, 많아야 두 번 정도 상대를 헷갈리게 할 만한 수에 불과할 뿐.

양키스에게 더 도움되는 건 커티스 그랜더슨의 폭발이었으니까.

즉석에서 블러핑을 생각하고 행한 심리전의 달인이 턱을 쓰다듬었다.

'만약 막혀 있던 무언가를 뚫어 낸 거라면⋯⋯.'

그의 눈에 양키스의 밝은 미래만이 비쳤다.

그리고.

따악—!

현재와 미래. 양키스를 책임질 두 군주가 주목하는 남자는 스스로의 가치를 밝혔다.

[커티스 그랜더슨—! 경기 시작부터 홈런포를 재가동합니다! 두 경기 연속 홈런! 선취점을 이끄는 스리런!]

5번 타순으로 올라온 2차전.

1회 초부터 홈런을 신고한 데 이어 4타수 3안타를 후려갈 기더니.

따악—!

[쳤습니다! 큽니다! 아주 익숙한 광경입니다! 커티스 그랜더슨ㅡ! 미쳤습니다! 그가 미쳤어요!]

원래의 자리인 4번으로 돌아온 3차전에서는 9회 초 팀을 승리로 이끄는 역전 투런까지 관중석에 때려 박았다.

3경기 동안 5홈런을 포함해 13타수 8안타.

누구나 기함할 수밖에 없는 강력한 임팩트였지만 그때까지만 해도 반응은 두 가지로 나뉘었다.

〈완전히 살아난 커티스 그랜더슨! 더욱 무서워진 양키스의 방망이!〉

〈쿠어스의 가호인가. 맹타 휘두른 커티스 그랜더슨! 하지만 평지에서는 글쎄?〉

그가 부진해서 탈출한 게 분명하다는 쪽과 아직은 모른다는 쪽.

2013년 5월 10일.

캔자스시티 로열스의 홈구장, 카우프만 스타디움에서 그 결과가 공개됐다.

따악ㅡ!

[넘어ㅡ갑니다! 언빌리버블! 또입니다! 벌써 네 경기째! 커티스 그랜더슨의 타구가 오늘도 담장을 넘어가 버렸습니다!]

[그동안 참아 왔던 걸 다 터뜨리는 느낌입니다. 요즘 보면 담장이 커

티스 그랜더슨 선수의 집 자동문 같아요.]

그 타구에 먼저 홈플레이트로 들어온 남자, 브렛 가드너가 궁금해 미칠 것 같은 표정으로 먼 곳을 바라봤다.

정확히는 그곳에 있을 그의 선임을.

'도대체 무슨 말을 하신 겁니까, 캡틴?'

동시에 내일의 선발 투수 또한 브렛 가드너가 떠올리는 남자와 같은 인사에게 텔레파시를 건넸다.

'돌아오시면 아주 볼만하겠네요, 캡틴.'

루키들의 폭발 위에 베테랑들의 약진, 그 위에 얹어질 노익장.

더 이상 바랄 게 없을 것 같았다.

김신의 시야에 두 번째 반지가 아른거렸다.

먼 뉴욕.

"왜 이렇게 귀가 간지러워?"

데릭 지터가 귀를 후볐다.

☺

'아니었군.'

다음 날.

뉴욕 양키스와 캔자스시티 로열스의 2차전 경기가 임박한 시각.

선발투수로서 가벼운 훈련에 임하던 김신이 어제 자신의 생각을 철회했다.

더 이상 바랄 게 없다고 생각했지만, 바랄 게 있었다.

'한 명만 빼면 참 좋겠는데.'

오늘 경기 선발 3루수로 출장하게 된 뻔뻔스러운 얼굴.

알렉스 로드리게스.

물론 이해는 했다.

초반에 좀 부진한다고 해서, 2억 7,500만 달러짜리 선수를 벤치에 앉히거나 마이너에 내릴 순 없다는 걸.

워낙 전적이 화려하다 보니 트레이드를 받아 줄 구단도 당연히 없다는 걸.

그러니 어떻게든 울며 겨자 먹기로 써 먹어야 하는 게 바로 양키스 구단의 사정이라는 걸.

이해만 했다.

이해와 공감은 엄연히 다른 영역인 법.

"쯧."

알렉스 로드리게스에게로 향하는 시선이 곱지 않은 것 또한.

'차라리 계속 부진해서. 팀에 패배를 안기지 않을 정도로만 적당히 부진해서 사라지길.'

그가 계속된 부진으로 결국 부재하길 바라는 것 또한.

구단과 마찬가지로 어쩔 수 없는 김신의 사정이었다.

그리고 여기저기서 날아오는 그런 부정적인 시선을 받아 내면서도.

애써 무시한 채 훈련에 열중인 알렉스 로드리게스 또한 나름의 절박한 사정이 있었다.

"후욱, 후욱……."

그 또한 알고 있었다.

웬만큼만 방망이를 돌려도 일단 이번 시즌에는 로스터에 이름을 올릴 수 있을 거라는 사실을.

문제는 그의 방망이가 현재 '웬만큼'이 아니라는 점과.

경쟁자들이 무섭게 치고 올라가고 있다는 점.

"후욱. 후욱."

모든 평판을 잃고 야구밖에 남지 않은 그로선 절박할 수밖에 없었다.

'결국 야구뿐이야.'

세인들의 인식을 조금이라도 개선시키기 위해서도.

팀원들의 시선을 조금이라도 바꾸기 위해서도.

은퇴 이후를 생각해서도.

'어쨌든 야구는 잘하니까.'라는 프레임이 필요했다.

'야구밖에 없어.'

일단은 생존.

그리고 생존이 확보된다면 그 너머.

이미 한번 올라가 봤던 정점을 향해.

'아무리 약을 해도 될 놈만 되는 거라고.'

알렉스 로드리게스가 연신 구슬땀을 흘렸다.

'왠지 오늘은 느낌이 좋아. 그래, 그랜더슨 녀석도 반등했는데 나도 때가 됐지.'

정체 모를 고양감이 그를 자극했다.

그리고 시작된 경기.

1회 초.

따악–!

[쳤습니다! 3루수 잡지 못합니다! 라인을 타고 파울 지역으로 굴러가는 A-rod의 타구! 좌익수 따라가 보지만…… 이미 타자 주자는 2루! 계속 뜁니다! 3루로! 3루에서!]

[세이프입니다. 빨랐어요.]

[세이프! 3루타를 만들어 내는 알렉스 로드리게스! 2사 이후 양키스에게 기회가 찾아옵니다!]

이후 4번 타자 커티스 그랜더슨이 우익수 플라이로 물러난 탓에 득점으로 연결되진 못했지만, 헬멧이 날아갈 정도로 달린 끝에 얻어 낸 3루타.

오랜만의 장타에 알렉스 로드리게스가 주먹을 불끈 쥐었다.

'좋아!'

그러나 그가 커티스 그랜더슨처럼 극적인 반등을 꿈꿀 무렵.

따악-!

[3루 쪽! 알렉스 로드리게스 잡아서 1루로! 엇! 뭐죠? A-rod, 공 던지지 못합니다! 공을 떨어뜨렸어요! 그라운드에 주저앉는 알렉스 로드리게스! 아, 고통이 심한 듯 드러눕습니다!]

1회 말.

신이 김신의 손을 들어 주었다.

[결국 들것에 실려 나가는 알렉스 로드리게스!]

반등을 꿈꾸던 몽상가가 들것에 실려 사라진 뒤.

뻐엉-!

예상치 못한 주자가 생긴 건 상관도 없다는 듯.

김신의 흔들림 없는…… 아니, 오히려 신이 난 듯한 투구가 캔자스시티 로열스를 제압했다.

뻐엉-!

〈A-rod 엉덩이 부상! DL행 불가피!〉

안 그래도 꼴 보기 싫었던 알렉스 로드리게스의 이탈은 김신으로 하여금 앓던 이가 빠진 것 같은 기분을 느끼게 해 주었다.

더군다나 곁눈질로 확인한 알렉스 로드리게스의 부상 부위는 엉덩이 아니면 허벅지.

엉덩이라면 예전에도 이맘때쯤 수술을 했던 부위고.

허벅지라고 해도 빠른 복귀는 어려울 터였다.

'불감청(不敢請)이 고소원(固所願)이네.'

물론 알렉스 로드리게스라는 사람을 제외하고 3루수 겸 지명 타자라는 팀의 전력으로만 판단한다면 누수가 없다고 말할 수 있을 리 만무했으나.

'3루는 조시 도널드슨이, 지명 타자는 커티스 그랜더슨이 있지.'

그 자리를 충실히…… 아니, 그 이상으로 메꿔 줄 조각들이 양키스에는 있었기에.

'백업이 필요해지긴 했는데…… 그건 캐시먼이 적당히 채워 주겠지.'

김신은 걱정 없이 앞만 보고 공을 던졌다.

뻐엉—!

"스트라이크아웃!"

[삼진! 빌리 버틀러를 삼진으로 돌려세우는 김신 선수! 스리아웃! 캔자스시티 로열스의 1회 말 공격이 소득 없이 마무리됩니다!]

[캔자스시티 로열스 입장에서는 행운의 출루가 있었는데도 김신 선수를 공략하지 못했네요. 아쉬운 결과일 수밖에 없습니다.]

그러한 태도는 대부분의 양키스 팬 또한 마찬가지였다.

　

─신은 있었다. 천벌 받았네, 그냥.

─꼴 좋다, 아주. 그렇게 작작 했어야지.

―이러면 우리 페이롤 비어서 여름에 돈 더 쓸 수 있는 거 아님?

└ㅇㅇ 맞음. 어차피 외야랑 지명타자 롤이 겹쳐서 교통 정리가 좀 필요하긴 했는데 지도 양심에 찔렸는지 알아서 빠져 주네 ㅋㅋㅋㅋㅋ

└그건 약쟁이 자식이 오래오래 이탈해야 가능한 얘기지. 얼마나 빠질지는 몰라.

시궁창에 처박힌 평판을 증명하듯 소속 팀 팬들은 환영하고.

―에휴. 그나마 숨 쉴 구멍 중 하나였는데…….

―끈덕지게 붙어서 양키스를 좀 갉아먹어 줬어야지! 아오!

오히려 타 팀 팬들이 더 아쉬워하는 상황.

〈A-rod 엉덩이 수술 불가피! 시즌 복귀 불투명!〉

―진짜 이제 은퇴하자. 이 정도면 은퇴해도 된다. 아니, 은퇴해 주라, 제발.

―근데 아직 잔여 연봉 많잖아. 이대로 은퇴하면 어떻게 되는데?

└의사가 더 이상 선수 생활이 불가능하다고 판정 내리면 한 방에 잔여 연봉 지급하고 끝. 그 잔여 연봉 중 대부분은 보험사에서

부담해 줌.

　ㄴ와 개꿀이네. 오늘부터 은퇴 기도 드린다.

　ㄴ의사부터 매수하는 게 좋을까?

심지어 그의 부상이 범상치 않다는 소식에 은퇴를 기원한다는 팬들마저 생길 정도였다.

"빌어먹을."

부정적인 시선이긴 했지만 어쨌든 오랜만에 집중되는 세간의 관심을 인지한 알렉스 로드리게스는 이를 악물면서도 손가락을 놀렸다.

〈A-rod, 복귀 의지 천명. 'I Will Be Back.'〉

즉각 개인 SNS를 통해 유명 사이보그 영화의 스틸 컷을 올리며 은퇴 가능성을 전면 부인한 것.

유명 인사, 셀럽의 힘을 뼈저리게 알고 있는 알렉스 로드리게스의 잊지 않기 위한 몸부림이었다.

그러나 슬프게도, 부정적이나마 그에게 집중됐던 시선마저 금세 흩어지고 말았다.

뻐엉-!

[경기 끝났습니다! 김신 선수가 오랜만에 자신의 손으로 경기를 마무리합니다! 시즌 첫 번째 완봉승! 뉴욕 양키스가 6-0으로 캔자스시티 로

열스를 침묵시킵니다!]

캔자스 시티 로열스와의 2차전을 111구 완봉으로 장식하며.

시즌 첫 완봉승에 더불어 39연승.

아예 앞자리가 다른 40연승 고지를 눈앞에 둔 투수가 있었기 때문이었다.

〈39연승! 막을 수 없는 김신, 꿈 같은 40연승이 코앞으로!〉

ㅡ와, 진짜 이걸 내 눈으로 보고 있다는 데 감사하다. 아버지가 매일 베이브 루스, 조 디마지오의 전성기를 실제로 봤다고 자랑하는 걸 듣기만 했는데…… 이제는 내가 역으로 자랑할 수 있겠네.

└??? 같이 보신 거 아님?

└돌아가셨어, 작년에. 나중에 천국에서 만나면 자랑하려고.

└아……. R.I.P.

더욱이 냉큼 경우의 수를 따져 본 팬에 의해 김신의 40연승 경기에서 대결을 펼칠 유력한 상대가 점쳐지면서.

팬들의 관심은 더욱 타올랐다.

ㅡ야야야야, 이거 봐라. 다음 김신 등판이 5월 15일쯤. 그러니까 홈으로 돌아와서 시애틀 매리너스와의 2차전일 거 같단 말이지?

근데 그때 시애틀 매리너스 투수가 누구게?

그 상대는.

　─ㅋㅋㅋㅋ 리얼 개꿀잼 각 떴다.
　─와우! 펠릭스 에르난데스?

펠릭스 에르난데스.
지난해 김신과 멋진 투수전을 펼친 사이 영 위너이자.
본디 2024년까지 '마지막 퍼펙트게임'을 달성한 투수로 회
자됐던 인물.
하지만 뒤바뀐 역사 속에서 그 위명을 잃어버린 남자였다.

　─킹 펠릭스를 제물로 40연승이라니…… ㄷㄷ; 진짜 이대로 성사
되면 암표값 상상 초월이겠네.
　─뭐? 암표? 시즌권도 없는 새끼가 어디서 손가락을 놀려?

그때였다.
많은 양키스가 펠릭스 에르난데스를 '제물'로 평할 무렵.
커뮤니티에 장문의 글 하나가 올라왔다.

　김신의 40연승 달성 여부가 불안한 이유.

다들 너무 낙관만 하는 거 같아서 씀. 물론 김신이 미친놈인 건 맞음. 말도 안 되는 성적을 썼고, 쓰고 있고, 쓸 예정이라는 것도 부정하지 않겠음. 근데 요즘 김신이 좀 불안한 것도 팩트임.

어제 캔자스시티 로열스와의 2차전. 김신이 완봉을 거둔 건 다들 알 거임. 근데 그게 시즌 첫 번째 완봉이라는 데 주목할 필요가 있음. 작년하고 비교해 봐도 이때쯤엔 벌써 퍼펙트 포함해서 완봉이 2~3개였는데 이상하지 않음? 심지어 완투는 아예 없음.

지난 시즌하고 이번 시즌 둘 다 잘 이기고 있긴 한데, 그게 좀 차이가 있다는 거임. 지난 시즌은 그야말로 김신이 멱살 잡고 캐리해서 지 손으로 이겼다면 이번 시즌은 아예 처음부터 득점 지원을 먹고 들어간 경기가 많음. 그래서 7회 정도까지만 던진 경기가 대부분인 거고.

문제는 여기서부터임. 7회까지만 던졌으면 상식적으로 지난 시즌보다 방어율이 낮아야 하는데 지금 어떰? 1.42. 지난 시즌 통산 방어율보다 훨씬 높음. 물론 이것도 미친 수준인 건 맞지만, 어쨌든 지난 시즌보다 점수를 많이 내준다는 건 부정할 수 없는 팩트임.

내 생각엔 다른 구단들이 열심히 분석한 것도 있고, WBC 여파도 좀 있는 거 같은데…… 솔직히 이유는 너무 많아서 꼽기 어려움.

그리고 또 한 가지. 아까 김신이 득점 지원을 많이 받았다는 건 얘기했지만 그걸 다른 측면에서 보면 여태까지 쉬운 경기를 해 왔다는 소리가 됨. 애초에 개막전부터 레드삭스가 도망쳤고, 이후에도 솔직히 맞대결한 투수들 면면이 그다지 높지 않았음.

아, 저스틴 벌랜더 정도는 있겠다. 근데 그 저스틴 벌랜더도 추신서한테 초장부터 혼났지? 즉, 김신이 이번 시즌 숨막히는 투수전을 펼친 적이 별로 없다는 거임. 경기 감각이 날 서 있지 않을 수도 있다는 거.

반면 펠릭스 에르난데스를 보면 이 친구 이번 시즌 기세가 범상치 않음. 장기 계약 한 번 더 하고 뽕 받은 건지 지금까지 방어율 1.98. 충분히 김신하고 비빌 수 있는 수준임. 투수전도 많이 치렀고…… 전체적으로 경기력이 무서울 만큼 올라와 있음.

그러니까 결론은, 김신이 무조건 이긴다고 볼 수 없다. 펠릭스 에르난데스는 만만치 않다. 이런 소리임.

중간중간 나름대로 분석한 지표들을 들이밀며 장황하게 펼쳐 놓은 불안론.

읽어나 보자 하고 그 글을 확인한 팬들이 불같이 반응했다.

—팩트 팩트 개소리를 지껄이네. 득점 지원이 많아서 쉬운 경기

만 했다고? 그것도 양키스의 힘이다, 병신아. 그리고 득점 지원이 많았으니까 더 공격적으로 투구해서 몇 번 맞은 거지, 0점이었으면 김신이 실점 안 했을 거 같은 게 팩트지.

ㄴㅇㅈ. 흔한 방구석 전문가의 글이네. 김신이 너무 잘하니까 아니꼽나 봐 ㅋㅋㅋㅋㅋㅋㅋㅋ

–킹 펠릭스 물론 좋은 투수지. 그렇다고 김신한테 비비는 건…… 글쎄? 다 떠나서 그럴수록 열심히 응원해야 하지 않냐? 양키스 팬이라면?

반면 그에 동조하는 팬들도 소수나마 목소리를 높였다.

–감정 떠나서 이성으로만 보면 틀린 얘긴 아닌데. 지난 시즌보다 못한 건 팩트 맞음. 요즘 킹 펠릭스가 미쳐 날뛰는 것도 맞고.

ㄴ내 생각엔 100% WBC 때문임. 류였나, 그 새끼가? 진짜 혹사도 정도가 있지, 그 정도로 시키는 게 감독 맞냐? 아직도 열불나네.

ㄴ와…… 떠올려 버렸다…….

팬들의 갑론을박 속.
시간은 빠르게 흘렀고.

〈뉴욕 양키스 VS 시애틀 매리너스 2차전. 에이스 대격돌!〉

〈김신 VS 펠릭스 에르난데스. 김신의 40연승이냐 펠릭스 에르난데스의 복수냐!〉

경기가 임박했다.

어떤 영화 속 히어로의 말처럼 큰 힘에 큰 책임이 따른다는 건 초인이 돼 보지 못해 잘 모르겠지만.

그와 비슷하게 큰 업적엔 큰 관심이 따른다는 걸, 그 관심에 비례하여 책임이 커진다는 걸 김신은 아주 잘 알고 있었다.

어떤 책임이냐고?

그를 응원해 주는 팬들의 기대를 충족시켜 줄 책임.

불안해하는 팬들의 마음을 어루만져 줄 책임.

본디 위업이란 그 과정에서 달성되는 부산물이었다.

'불안론이라…….'

그도 읽어 봤지만 화제가 된 글이 설득력이 없는 건 아니었다.

타 구단에서는 당연히 그를 열심히 분석했을 것이며.

WBC의 여파가 없다고 할 순 없었다.

하지만 우완 체인지업이나 커브의 각도 조절 등 그의 새로운 발전에 대한 분석은 아직 미비할 수밖에 없었고.

기존에 보여 줬던 무기들 또한 분석했다고 해서 곧바로 공략할 수 있는 종류가 절대 아니었다.

분석했다고 칠 수 있었으면 애초에 39개의 승리를 쌓을 수 없었을 터였다.

또한 WBC의 후폭풍은 4월과 5월 초 세심한 관리 끝에 흔적밖에 남지 않았다.

즉, 김신은 준비가 돼 있었다.

'익숙하지.'

과거, 늦깎이로 데뷔한 30대 후반 신인 투수에게 항상 따라다니던 불안론을 연신 격파했을 때처럼.

부정적인 시야를 타파하고 팬들을 웃게 해 줄 준비가.

펠릭스 에르난데스와의, 시애틀 매리너스와의 2차전이 임박한 전날 저녁.

캐서린 아르민과 단란한 식사, 육즙이 팡팡 터지는 맛있는 스테이크를 즐기며.

김신이 피식 웃었다.

그리고 사과를 건넸다.

'킹 펠릭스. 물론 존중할 만한 투수고, 퍼펙트를 놓친 건 미안하게 됐지만.'

지난해 그가 존중을 표했던 투수에게.

'다시 한번 미안하게 될 것 같네.'

마찬가지의 존중을 표할 것을 다짐했다.

그 순간이었다.

"우욱!"

중요한 경기를 앞둔 김신을 위해 화제가 된 글에 대한 언급도, 표정도 애써 숨긴 채 조용히 식사하고 있던 캐서린 아르민의 포커페이스가 무너진 것은.

"괜찮아?"

"미, 미안…… 욱!"

말도 제대로 끝맺지 못하고 황급히 화장실로 달려가는 연인의 뒷모습을 바라보며.

"……?"

본능의 영역에서 울려 퍼진 강렬한 직감이 김신의 전신을 관통했다.

'설마?'

김신의 책임감이 야구가 아닌 다른 쪽에서 꿈틀댔다.

5월 15일. 양키 스타디움.

클리블랜드와의 더블헤더 이후 휴식 없이 숨 막히도록 이어지는 연전 속.

오늘도 저녁에 있을 시애틀 매리너스와의 2차전 경기를 준비하러 모인 양키스 선수단 사이에서 커티스 그랜더슨의 변화가 눈에 띄었다.

"오, 커티스! 그건 뭐야? 새로 샀어?"

"아니. 그냥 생겼어."

그가 누가 봐도 신상, 삐까번쩍한 롤렉스를 당당히 손목에 차고 나타났기 때문이었다.

아직 장기 계약을 치르지 못한 같은 처지로 봤을 땐 무리하다 싶은 과한 지출에 브렛 가드너의 눈이 가늘어졌다.

"그냥 생기는 게 어디 있어. 요즘 홈런 뻥뻥 치더니 누가 선물해 줬나?"

"음…… 뭐, 비슷해."

얼버무리는 커티스 그랜더슨의 답변에 브렛 가드너는 지금 자리에 없는 한 남자를 떠올리고는.

"에이전트나 구단은 절대 아닐 거고…… 혹시 여자? 여자야?"

"에이, 무슨 여자야. 소개나 시켜 주고 그런 말 하지?"

"하하, 기다리라고. 시즌 끝나면 내가 와이프 친구 중에 괜찮은 사람으로 소개시켜 줄게."

다른 팀원들이 출처를 묻지 못하게 화제를 돌려 버렸다.

커티스 그랜더슨이나 데릭 지터가 굳이 밝히지 않는다면, 당사자들의 사적인 이야기를 숨겨 주고 싶었으니까.

그러나 그곳에 집중하느라, 있었어야 할 누군가의 목소리가 없다는 걸 눈치채지 못했다.

"……."

그의 이름은 게리 산체스.

원래라면 득달같이 달려들어 인싸력을 뽐냈을 남자.

김신에게 받은 자신의 롤렉스를 보이며 이건 모델이 다르다는 둥 착용감은 어떻냐는 둥 질문을 쏟아 냈을 청년이었다.

하지만 라커를 등지고 선 게리 산체스의 시선은 롤렉스가 아닌 오늘의 선발투수에게로 향해 있었다.

'뭐지?'

김신의 태도가 이상했다.

세간의 시선이 집중된 펠릭스 에르난데스와의 투수전을 맞아, 빅게임 모드가 되어 무섭도록 집중하리라 생각했다.

그런데 클럽 하우스에 들어와 만난 김신은 빅게임 모드는 커녕 평상시보다도 집중하지 못하고 있었다.

"흐음……."

인사도 받는 둥 마는 둥 하고, 경기에 대한 내용은 잠시 뒤에 얘기하잔다.

심지어 출근하자마자 라커에 처박혔을 핸드폰은 여전히 그의 손에 들려 있었으며.

수시로 그걸 확인하느라 정신이 없는 상태였다.

하지만 고민하던 게리 산체스가 결정을 내리고 대화를 위해 김신에게 다가가려던 찰나.

"어, 잠깐만. 금방 나갈게."

핸드폰을 귀에 가져다 댄 김신이 황급히 클럽 하우스를 빠져나갔다.

"······?"

경기 시작 6시간 전.

게리 산체스의 의문이 깊어져 갔다.

자연에 관련된 다큐멘터리를 보다 보면 그 절박함에 숭고함마저 느껴지는 경우가 왕왕 있다.

산란을 위해 죽음을 담보하고 강을 거슬러 올라가는 연어.

암컷에게 머리를 뜯길지라도 기어코 자식을 수정시키는 사마귀.

아무것도 하지 않고 몇 개월 동안 자식만을 위해 헌사하는 펭귄.

포식자에게 도망가지 않고 맞서는 부모들.

그들은 절박하게, 필사적으로 번식한다.

그야말로 아이를 낳기 위해, 종족의 번영을 위해 살아간다.

설령 순간적으론 그렇지 않을지라도, 일생 자체로 보면 절대 부정할 수 없다.

산란기가 아닐 때, 자식을 배지 않았을 때 포식자를 피하고 먹이를 구해 생존하고자 하는 것도.

일견 냉혹하게 보이는 학살 행위의 뒤에도.

멀리 보면 종의 보존이라는 대명제가 존재한다.

그건 모두 무언가의 거부할 수 없는 강력한 명령 때문이다.

각각의 개체가 아니라, 종의 생존을 바라는 의지.

바로 유전자다.

모든 지구상의 생명 가진 존재는 본능의 영역에 각인된 유전자의 지상명령을 거부할 수 없다.

인간도 마찬가지다.

"어, 얘기해도 돼. 어떻게 됐어? 뭐래?"

물론 인간은 이성으로 본능을 억누를 수 있는 유일한 존재고.

종이 아닌 개인을 위해 자식을 버릴 수 있는 냉혹한 동물이다.

임신을 중절(中絶)하거나, 욕망에 패배해 죽이기도 한다.

하지만 반대로, 그 어떤 생명체보다 자식을 끔찍하게 생각하며.

자녀에게 많은 걸 투영하는 동물이기도 하다.

영원히 살 수 없기에, 자신과 가문의 뒤를 이어 줄 후계자를.

나를 닮은 내 핏줄을.

내 유전자를, 흔적을 세상에 남겨 줄 유일한 존재를 바라는 것이다.

ㅡ…….

김신은 후자였다.

전생에 가져 보지 못했기에, 누구보다 아이를 원했다.

망설이는 캐서린의 손을 잡고 임신테스트기를 산 것도 그였으며, 오늘 산부인과 앞에 데려다준 것도 그였다.

초조하게 연인의 대답을 기다리는 김신의 귓가에.

지친 듯한 캐서린의 음성이 울렸다.

-맞아. 임신했어. 6주 차래.

머리를 둔중하게 울리는 충격과 함께, 자신이 뭐라고 하는지도 모른 채로 김신의 입이 속사포처럼 움직였다.

"정말? 정말이야? 고마워! 고생했어! 몸은 좀 어때? 내가 이따 뭐라도 사 갈까?"

그 뒤로 수많은 생각이 명멸했다.

당연히 같이 사는 거겠지?

결혼은 어떻게 해야 할까?

시즌 중인데 끝나고 해야 하나?

구단에 양해를 구해야 하나?

나처럼 야구를 잘할까?

아니면 다른 재능이 있을까?

끝없이 이어질 듯한 상념을 캐서린의 목소리가 깨뜨렸다.

-일단…… 오늘 선발이잖아. 경기에 집중해. 이따 경기 끝나고 얘기하자.

"응, 응, 알았어. 푹 쉬어. 조심하고!"

-응. 오늘도 이겨 줘.

"당연하지!"

전화를 끊고 나서.

김신의 가슴속에 후폭풍이 몰아닥쳤다.

환희, 부담감, 걱정 등등 수많은 감정이 결합된 기이한 기분이 그를 고양시켰다.

김신이 눈을 감았다.

"후……."

그리고 다시 눈을 떴을 때.

"킴? 여기서 뭐 해?"

그곳에, 슈퍼맨이 서 있었다.

"아무것도 아닙니다. 먼저 들어가 보겠습니다."

스쳐 지나가는 김신의 뒷모습을 물끄러미 바라보는 커티스 그랜더슨의 눈동자에 의문이 서렸다.

'뭐지? 평소랑 좀 다른 거 같은데.'

경기 시작, 5시간 45분 전.

오늘 경기의 결과가 격렬하게 꿈틀거렸다.

오후 7시.

47,309석을 가득 메운 채 끓어오르는 열기를 표출하는 구

름 관중 앞에서.

경기가 시작됐다.

[웰컴 투 메이저리그! 여기는 뉴욕 양키스와 시애틀 매리너스의 2차전 경기가 열리는 양키 스타디움입니다! 지난 1차전은 양키스가 먼저 웃었죠?]

[네, 그렇습니다. 서로 선발투수를 조기 강판시키는 화끈한 타격전 끝에 12-10으로 양키스가 승리를 거뒀죠.]

[두 팀 다 불펜을 상당히 소모한 경기였는데요. 이게 오늘 경기에 영향을 미칠까요?]

[음…… 평소라면 당연히 맞다고 말씀드리겠지만, 오늘은 잘 모르겠네요. 현재 아메리칸리그에서 가장 뜨거운, 그 누구보다 많은 이닝을 소화해 줄 수 있는 두 투수의 대결이니까요. 불펜이 필요 없을지도 모릅니다.]

[말씀드리는 순간! 뉴욕 양키스의 선발투수. 김신 선수가 불펜에서 걸어 나옵니다! 뜨거운 박수로 맞이하는 핀스트라이프들! 양키 스타디움이 진동합니다!]

아무 말 없이 묵묵히 마운드로 걸음을 옮기는 김신.

그에 맞춰 홈플레이트에 앉은 게리 산체스가 연습 투구를 위한 사인을 냈다.

뻐엉-!

"그대로 한 번 더!"

묵직하게 손을 울리는 포심 패스트볼의 무게.

불펜 피칭 때보다 더욱 강렬해진 그 무게감에 게리 산체스가 고개를 끄덕였다.

'뭔진 모르겠지만…….'

잠깐 나갔다 온 김신은 완전히 달라져 있었다.

정신없어 보이던 모습은 온데간데없고, 그 어느 때보다 스스로에게 몰입한 투수가 문을 열고 들어왔으니까.

마치 월드시리즈가 생각날 정도로.

김신과 가장 많이 호흡을 맞췄던 게리 산체스조차 깜짝 놀랄 만큼의 몰입이었고.

그에 비례하여 김신의 구위는 올해 그 어느 때보다도 좋았다.

뻐엉-!

심지어 지금은 더 좋아지고 있었다.

글러브에서 공을 빼내며, 게리 산체스가 반대편 더그아웃을 바라보았다.

'시애틀 매리너스 선수들이 불쌍할 지경이군.'

무슨 일인지는 물론 듣지 못했다.

기대도 안 했지만, 역시나 김신은 넌지시 물어보는 게리 산체스에게 경기가 끝나고 알려 주겠다는 상투적인 답변을 했다.

이미 그런 모습에 익숙해진 게리 산체스였던지라 여상하게 공을 김신에게 되돌려 주었다.

"좋아!"

중요한 건 승리.

나머지는 그다음이었으니까.

시간이 흘렀다.

뻐엉-!

연습 투구가 끝이 나고.

"Kim Will Rock You-!"

김신이 루틴대로 모자를 벗어 관중들에게 인사했다.

[나우 배팅. 넘버 55! 마이클 손더스!]

타자가 타석에 들어섰다.

"플레이볼!"

심판의 사인이 울려 퍼졌다.

그리고.

뻐엉-!

"스트라이크!"

김신이 공을 던졌다.

대부분의 사람은 위대한 업적의 코앞에서 약해진다.

부담감이든 역량의 한계이든 자신의 퍼포먼스를 모두 보이지 못하는 경우가 태반이다.

하지만 몇몇 위대해질 자질을 가진 사람들은 오히려 대기록의 칼날 위에서 더욱 강해진다.

서슬 퍼런 칼날이 목 앞에 드리웠을 때, 오히려 자신의 역량을 뛰어넘는 결과를 만들어 낸다.

김신은 당연히 후자였고.

뻐엉-!

그런 남자의 어깨 위에 반드시 이겨야만 할 이유가.

승리를 바쳐야 할 대상이 생겼으니.

뻐엉-!

결과는 말해 봐야 입 아픈 일이었다.

"스트라이크아웃!"

[삼진! 방망이 한번 휘둘러 보지 못하고 물러나는 마이클 손더스! 김신 선수가 첫 타자부터 삼진 머신을 가동합니다!]

포심, 슬라이더, 체인지업. 단 3구.

좌타자에겐 악몽 같은 구종들의 현란한 날갯짓에 1번 타자 마이클 손더스가 무너졌다.

2번 타자로 나선 더스틴 애클리도 별다르지 않았다.

뻐엉-!

[배트 돌지…… 않았습니다! 가까스로 방망이를 멈춰 세우는 더스틴 애클리!]

좌타자의 재앙이라 불리는 김신의 슬라이더를 골라내기도 하고.

따악-

[쳤습니다! 3루 쪽! 하지만 벗어나는 공! 파울! 1–1이 됩니다!]

어쨌든 방망이를 휘둘러 김신의 공을 건드리기도 했지만.

뻐엉–!

"스트라이크아웃!"

결국에는 삼진으로 물러날 운명을 바꾸지 못했다.

[연속 삼진! 시애틀 매리너스의 테이블세터진을 유린하는 김신 선수! 마지막 공은 무려 102마일이 찍혔습니다!]

[오늘 김신 선수가 칼을 갈고 나왔네요. 몇몇 언론에서 언급하는 불안론에 대한 대답인 것 같습니다.]

이어서 타석에 선 남자는 카일 시거.

스즈키 이치로가 떠난 시애틀 매리너스의 프랜차이즈 스타로 각광받는 신인이자.

모두 야구 선수의 길을 걷는 시거가(家) 삼형제 중 맏형이었다.

하나 그 또한, 마찬가지였다.

부우웅–!

[스윙 앤 어 미스! 삼진입니다! 카일 시거까지 삼진으로 잡아내는 김신 선수! 1회 초를 삼진 세 개로, 오롯이 투수 자신의 힘만으로 끝내 버립니다!]

[압도적이네요.]

무자비한 학살을 자행하고 마운드를 내려가는 김신.

92번이라는 숫자가 선명한 그 뒷모습을 바라보며, 펠릭스 에르난데스가 작게 박수를 쳤다.

'여전하네. 아니, 더 무서워졌나?'

일 년 전, 김신과의 맞대결을 떠올리는 펠릭스 에르난데스.

그러나 그의 표정에 떠오른 건 두려움이나 부담감 같은 부정적인 감정과 거리가 멀었다.

'재밌네.'

어려운 상황 속에서도 언제나 유쾌한 미소를 잊지 않는 남자.

암흑기의 시애틀 매리너스를 지탱해 온 유일한 빛이 경쾌한 걸음을 옮겼다.

[피처, 넘버 34! 펠릭스─! 에르난데스─!]

승부는 이제부터 시작이었다.

뻐엉─!

완전무결(完全無缺).

티끌만큼의 결함조차 없는 상태나 존재.

단어는 있지만 현실상에서 결코 다다를 수 없는 영역.

인간이 온전히 자신을 내맡길 수 있는 종교론적인 입장에서도 오롯이 소유했다 인정받는 존재가 한 줌뿐인 개념.

사상최강의
양손투수

그 단어의 편린을 계승한 투수를 보고, 펠릭스 에르난데스는 1년 전과 같은 생각을 했다.

'퍼펙트게임은 있어도, 퍼펙트 피처는 없어.'

퍼펙트게임, 무결점 이닝, 무결점 시즌.

저 1999년의 페드로 마르티네즈를 뛰어넘는 환상적인 퍼포먼스를 보였지만.

그렇다고 김신의 실점이 0에서 올라가지 않는 것은 아니다.

그렇다면.

뻐엉-!

맞대결이란 소리를 들으며 전장에 선 사내가 해야 할 일은 하나뿐.

뻐엉-!

펠릭스 에르난데스가 홈플레이트를 향해 새하얀 이빨을 드러냈다.

'재밌네.'

수년간의 암흑기 동안 시애틀 매리너스를 떠받들었던 남자.

약팀의 에이스라는 무게를 깃털처럼 견뎌 왔던 투수가 팔을 휘둘렀다.

한때 핀스트라이프를 입었던 동향의 선배로부터 이어진 펠릭스 에르난데스의 즐거운 공이 양키 스타디움의 압도적인 분위기 속에서 날아올랐다.

뻐엉-!

"스트라이크아웃!"

[삼진! 장군 멍군입니다! 양키 스타디움을 가득 메운 관중들 앞에서 보란 듯이 리드오프 브렛 가드너를 삼진으로 돌려세우는 펠릭스 에르난데스!]

[역시 킹 펠릭스입니다. 이 정도에 위축될 리가 없는 투수죠.]

1회 초 마이클 손더스가 그러했듯이 무기력하게 물러나는 브렛 가드너.

펠릭스 에르난데스가 혀로 입술을 축이며 뇌까렸다.

'재밌겠어, 오늘.'

반면.

뻐엉-!

양키스는, 정확히는 양키스 타자들은 전혀 재밌지 않았다.

⚾

2013시즌 뉴욕 양키스에 대한 평가는 간단했다.

'0순위 우승 후보.'

혹은.

'이미 우승은 뉴욕 양키스.'

그야말로 막을 수 없다는 말이 가장 잘 어울리는 팀.

그게 바로 뉴욕 양키스였다.

물론 그 평가의 저변에는 무결점 시즌을 거두며 날아오른 리그의 지배자이자 단기전에서의 확고한 우세를 자신할 수 있는 에이스.

팀의 앞문을 확실하게 열어젖힐 김신이라는 존재와.

은퇴를 앞두고 있지만 여전히 상대 팀에 절망을 안겨 주며 뒷문을 빈틈없이 잠그는 마무리 투수, 마리아노 리베라의 영향이 적지 않았다.

하지만 그렇다고 양키스의 방망이가 무시할 만하냐 하면 그건 절대 아니었다.

데릭 지터와 마크 테세이라가 없는 상황에서도.

게리 산체스, 조시 도널드슨, 매니 마차도 등 뉴 코어라 불리는 신예들의 불타는 활약과 브렛 가드너와 추신서로 대표되는 중간층의 FA로이드.

부진하는가 싶더니 터져 버린 커티스 그랜더슨의 부활과 적절하게 물러나 준 알렉스 로드리게스로 인해 더욱 끈끈해진 타선의 응집력은 리그 수위를 넘어 역대급을 다퉜다.

[다음 타자는 스즈키 이치로! 옛 동료끼리의 결전입니다!]

[한 명은 팀을 떠나 우승 반지를 얻었고, 한 명은 여전히 팀의 에이스로 남아 있는 선수들 간의 대결이네요.]

그러니 그 내로라하는 양키스 타자들이 모조리 한 남자에게 무릎 꿇는 광경은 양키 스타디움을 채운 핀스트라이프들에겐 생소한 장면이었다.

부우웅—!

[스윙 앤 어 미스! 스즈키 이치로 선수가 빠른 발을 활용해 보지도 못합니다!]

[김신 선수의 서클체인지업도 훌륭하지만 역시 펠릭스 에르난데스의 서클체인지업도 만만치 않아요. 홈플레이트 바로 앞에서 꺾여 들어가는 것 좀 보세요.]

펠릭스 에르난데스의 서클체인지업이 오랜 시간 다른 위치에서 팀을 위해 헌신한 동료이자.

이제는 시애틀 매리너스를 두들기기 위해 그라운드에 선 남자를 외면했다.

뻐엉—!

[루킹 삼진! 추신서 선수가 속수무책으로 물러납니다! 스리아웃! 김신 선수와 마찬가지로 3삼진으로 1회 말을 정리하는 펠릭스 에르난데스!]

[과연 2013년 가장 유력한 사이 영 컨탠더들답습니다!]

김신의 것보다 10마일 가까이 느리지만 타자를 잡아내기에는 충분한 속구가 추신서를 당혹케 했다.

2회 말, 3회 말도 상황은 다르지 않았다.

따악—!

[높이 뜹니다! 하지만 외야를 벗어나지 못할 듯……! 중견수 마이클 손더스, 손쉽게 처리! 원아웃!]

되살아난 커티스 그랜더슨의 타격감이 외야를 넘지 못했다.

따악-!

[이번엔 좌측! 다시 큽니다! 하지만 또다시…… 잡힙니다! 거의 움직이지 않고 그 자리에서 잡아내는 앤디 차베즈!]

일찌감치 홈런왕 경쟁에 뛰어든 게리 산체스 또한 담장을 넘보지 못했다.

따악-!

뻐엉-!

조시 도널드슨, 매니 마차도까지 모두 범타로 물러났다.

뻐엉-!

안 그래도 리그 평균 이하라 평가받는 라일 오버베이와 에두아르도 누네즈의 방망이마저 침묵했다.

그러나.

"Kim Will Rock You-!"

양키 스타디움은 여전히 뜨거웠다.

뉴욕 양키스와 시애틀 매리너스의 2차전이 시작되기 전.

멀리 시애틀에서, 혹은 원정 온 뉴욕에서.

시애틀 매리너스 팬들은 희망에 젖었다.

"해볼 만해."

"그럼. 우리 팀이 순위는 낮아도 저력이 없는 팀은 아니지."

뉴욕 양키스를 무너뜨리는 이변을 상상했다.

영 근거 없는 생각은 아니었다.

특정한 상황을 만족시킨 2013년의 시애틀 매리너스는 분명 뉴욕 양키스와 자웅을 겨룰 만했다.

팀의 에이스인 펠릭스 에르난데스나.

롱 릴리프로 시작했으나 어느새 킹의 자리를 위협할 정도의 역투를 펼치고 있는 일본산 2선발, 이와쿠마 히사시가 던질 때.

시애틀 매리너스는 능히 지구 1위급 전력의 팀이었다.

그것은 시애틀 매리너스의 성적을 뜯어보면 더욱 명확해졌다.

〈시애틀 매리너스, 멈추지 않는 갈지자 행보! 변하지 않는 순위!〉

순위는 분명 하위권에 처져 반등할 기미를 몰랐다.

두 번 이기면 세 번 지고, 세 번 이기면 두 번 졌다.

하지만 그 승패의 향연 속에 조금만 더 들어가 보면 진실이 보였다.

이길 때는 초반부터 리드를 잡으며 이기는 경우가 대부분이었고. 질 때는 초반부터 게임이 터져 버리는 경우가 잦았다.

즉, 선발이 버텨만 준다면 타격은 나쁘지 않은 팀이라는 소리였다.

아니, 타격은 충분히 훌륭하다 평가받을 만했다.

물론 오프시즌 동안 전격적으로 추진한 펜스를 앞으로 당기는 공사 덕에 비약적으로 상승한 홈구장, 세이프코 필드의 홈런 비율을 무시할 순 없지만.

노익장을 톡톡히 발휘하는 켄드리스 모랄레스, 약진하기 시작한 예비 프랜차이즈 카일 시거, 이제 좀 터지나 싶은 만년 유망주 저스틴 스모크 등.

강력하진 않아도 전반적으로 탄탄한 타선을 바탕으로 2013시즌 AL 홈런 2위에 빛날 공격력을 가지고 있는 팀.

그게 바로 시애틀 매리너스였으니까.

그러나.

뻐엉―!

너무 안이한 희망이었다.

뻐엉―!

'특정한 상황'을 만족시킨 건 시애틀 매리너스뿐만이 아니었다.

"미친⋯⋯."

"저걸 어떻게 치란 거냐, 진짜⋯⋯."

2회 초, 그리고 3회 초.

시애틀 매리너스 팬들이 각지에서 머리를 쥐어뜯었다.

뻐엉―!

"스트라이크아웃!"

[속수무책입니다! 커브가 너클볼처럼 들어오고 있어요!]

한층 악랄한 코스로 휘어드는 커브가 켄드리스 모랄레스의 파워를 비웃었다.

부우웅—!

[스윙 앤 어 미스! 어림없는 스윙! 방망이가 슬라이더에 근접하지도 못합니다!]

좌타자 저승사자 앞에서 좌타석을 고집한 어리석은 스위치히터, 저스틴 스모크가 고개를 떨궜다.

그건 비단 한 타석의 문제가 아니었다.

4회 초.

두 번째 기회는 시애틀 매리너스 타자들에게 손을 내밀었지만.

따악—!

[초구 타격! 뒤로 뜹니다! 게리 산체스 돌진! 잡아냅니다! 1구 만에 포수 팝플라이로 두 번째 타석을 마무리하는 마이클 손더스!]

1번 타자 마이클 손더스는 성급히 초구에 반응했다가 아쉬움만 삼켰고.

뻐엉—!

"스트라이크아웃!"

[아웃! 더스틴 애클리, 항의해 보지만 주심 판정에는 변동이 없습니다! 투 아웃!]

[정확히 바깥쪽 보더라인에 걸쳤어요. 김신 선수의 제구력이 어떤 수준인지 알 텐데 더스틴 애클리 선수도 답답한가 보군요.]

[그러게 말입니다.]

2번 타자 더스틴 애클리는 풀 길 없는 아쉬움을 표출하기까지 했으나 어림도 없었다.

따악—!

[먹힌 타구! 1루 라인을 타고 공 흐릅니다! 1루수 라일 오버베이, 잡아서 직접 베이스를 밟습니다! 스리아웃! 시애틀 매리너스가 4회 초에도 이렇다 할 성과를 내지 못합니다!]

[이제 벌써 4회 말…… 시간 참 빠르네요. 오늘 유난히 더 빠른 것 같아요.]

[시간이 빠른 게 아니라 경기 시간 자체가 얼마 안 됩니다. 두 투수가 순식간에 이닝을 끝내고 있어요.]

이제는 모두가 인정할 수밖에 없었다.

지금 이 경기장엔 두 개의 별만이 반짝이고 있다고.

"하하."

그중 하나가 다시 공을 잡았다.

뻐엉—!

4회 말. 양키스의 네 번째 공격.

시애틀 매리너스와 마찬가지로 두 번째 타순이 시작되는 시간.

그러나 역시 시애틀 매리너스와 마찬가지로, 양키스의 선봉은 마운드에 굳건히 선 괴물을 넘어서지 못했다.

부우웅—!

"아웃!"

[헛스윙 삼진! 브렛 가드너 선수가 두 번째 삼진으로 물러납니다!]

[오늘 펠릭스 에르난데스 선수의 서클체인지업이 제대로 물이 올랐네요. 과거 그 어느 때보다 날카롭게 들어오는 것 같습니다!]

'빌어먹을……'

침을 탁 뱉으며 씁쓸함을 삼키는 브렛 가드너.

그 뒤로, 이제는 51번만큼이나 31번이 익숙한 남자가 타석에 들어섰다.

[나우 배팅, 넘버 31! 스즈키, 이치로—!]

스즈키 이치로.

시애틀 매리너스를 지탱하던 두 기둥 중 하나.

[오랜 동료 간의 두 번째 대결! 처음은 펠릭스 에르난데스 선수가 웃었는데요. 과연……!]

헬멧에 손을 올리고, 마치 사무라이처럼 방망이를 일자로 세워 든 스즈키 이치로가 그 방망이 사이로 펠릭스 에르난데스를 직시했다.

"……"

말로 표현하기 어려운 10년간의 감회(感懷)는 1회 초에 이미 나누었다.

그 자리에 남은 것은 지금 입은 유니폼에 충실해 서로를 무너뜨리고자 하는 적수일 뿐.

스즈키 이치로가 플랜을 점검했다.

'포심, 투심, 싱커… 그리고 서클체인지업.'

오늘 펠릭스 에르난데스가 호투를 펼치는 건 비단 서클체인지업이 날뛰기 때문만이 아니었다.

그 서클체인지업을 돋보이게 만드는 조연들, 변형 패스트볼들이 모두 절묘하게 구사되고 있었다.

구속의 차이는 거의 없고, 변화는 홈플레이트 직전에서 시작되는.

타격을 시작하는 순간에는 절대로 구분해 낼 수 없는 공들.

'커팅해 내는 수밖에 없다.'

스즈키 이치로가 머릿속에 단 하나의 구종만을 남겨 둔 채 자세를 잡았다.

[투수, 와인드업!]

두 프로의 전력(全力)이 정면으로 맞부딪혔다.

따악-!

[3루 쪽! 벗어납니다! 파울! 원 스트라이크가 됩니다!]

펠릭스 에르난데스의 흰색 치아가 조명 불빛에 반짝이고.

뻐엉—!

[이번에는 볼! 커브를 참아 내는 스즈키 이치로!]

사무라이의 발도를 닮은, 모든 공에 대응하고자 하는 이치로의 타격법이 고요히 힘을 모았다.

뻐엉—!

따악—!

아직 그 누구도 밟지 못한 1루 베이스를 두고.

두 선수의 투혼(鬪魂)이 거세게 교차했다.

따악—!

[다시 파울! 커팅해 내는 스즈키 이치로—!]

오늘 경기, 바닥에 처박혀 있던 이닝당 소요 시간의 평균값이.

급격히 상승하기 시작했다.

따악—!

다음 권으로 이어집니다